انوکھا انتقام

(افسانے)

سرور غزالی

© Sarwar Ghazali
Anokha Intiqaam (Short Stories)
by: Sarwar Ghazali
Edition: April '2024
Publisher :
Taemeer Publications LLC (Michigan, USA / Hyderabad, India)

ISBN 978-93-5872-197-3

مصنف یا ناشر کی پیشگی اجازت کے بغیر اس کتاب کا کوئی بھی حصہ کسی بھی شکل میں بشمول ویب سائٹ پر اَپ لوڈنگ کے لیے استعمال نہ کیا جائے۔ نیز اس کتاب پر کسی بھی قسم کے تنازع کو نمٹانے کا اختیار صرف حیدرآباد (تلنگانہ) کی عدلیہ کو ہوگا۔

© سرور غزالی

کتاب : **انوکھا انتقام** (افسانے)

مصنف : **سرور غزالی**

پروف ریڈنگ / تدوین : اعجاز عبید

صنف : فکشن

ناشر : تعمیر پبلی کیشنز (حیدرآباد، انڈیا)

سالِ اشاعت : ۲۰۲۴ء

صفحات : ۸۰

سرورق ڈیزائن : تعمیر ویب ڈیزائن

فہرست

(۱)	شکست خوردہ تحریر	6
(۲)	لڈن	10
(۳)	معجزہ	30
(۴)	انوکھا انتقام	40
(۵)	طوفان بلا	46
(۶)	پیاس تحریر	52
(۷)	نزاع	59
(۸)	شکایت	63
(۹)	لذت	66
(۱۰)	چھیکی دھوپ	67
(۱۱)	عراقی	76
(۱۲)	مجبوری	78

شکست خوردہ تحریر

"لاؤ بابا میں تمہارے زخم صاف کر دوں۔" خراش پر رومال رکھتے ہوئے میں نے کاموں بابا سے کہا۔ کانٹے کی باڑ درست کرتے ہوئے ایک گستاخ شاخ نے بری طرح بابا کے شانے چھیل ڈالے تھے۔ پہلے تو بابا انکار کرتا رہا۔ پھر میرے اصرار پر اسے ہار ماننی پڑی۔ زخم صاف کرتے ہوئے میں سوچ رہا تھا کہ نہ جانے بابا ایسا کیوں ہے۔ اس کی تن تنہا زندگی کسی ریگستان کی مانند خشک اور ویران جزیرے کی مانند پر اسرار ہے۔ بابا اچھا خاصا کھاتا پیتا شخص تھا۔ نوکری کے دوران تو اتنا مصروف ہوتا کہ کبھی کبھی نظر آتا لیکن جب سی ریٹائیر منٹ لی تھی کاموں بابا اپنے باغ ہی مصروف رہتا تھا۔

کاموں بابا محلے بھر میں مشہور تھا۔ وجہ اس کی سخت مزاجی تھی۔ ایک تو بڑھاپا اور اس پر چڑچڑے پن نے اسے مکمل طور پر سب سے الگ تھلگ کر دیا تھا۔ کافی عرصے سے رہتے ہوئے اسے سب جاننے لگے تھے۔ اور اس کی عادت سے خوب واقف ہو گئے تھے۔ محلے کے کسی بچے کی گیند کامو بابا کے باغ میں جا گرے تو بس شامت ہی آجاتی تھی۔ کیا مجال جو گیند صحیح سالم واپس ملے۔ کبھی کبھار میں کسی کی سفارش کرنے چلا جاتا تو پھر مجھے بھی تین سو ساٹھ سننا پڑتیں لیکن اتنی بات ضرور تھی کہ صلواتیں سنانے کے بعد وہ میری مان ضرور لیتا تھا۔ اس کی وجہ صرف یہ تھی کے ایک تو اس کا مکان میرے مکان کے برابر میں تھا اور پھر یہ کہ میں گاہے بگاہے اس کی خیریت دریافت کر لیا کرتا۔ کبھی کبھار

زبردستی سوداسلف لا دیتا اور وہ کتنا ہی کتراتا میں اس کے قریب رہنے کی کوشش کرتا۔

زخم میں مرہم بھر کر میں نے روئی کا ایک پھایا اس پر چپکا دیا اور اسے مخاطب کیا۔

"لو بابا ہو گئی تمہاری مرہم پٹی۔" کچھ توقف کے بعد میں پھر بولا "بابا اتنی مشقت کے کام تو کم از کم خود نہ کیا کرو۔ اب تم بوڑھے ہو گئے ہو۔"

"ہاں!" وہ میری بات پر چونکا۔ شاید اسے مرہم پٹی میں بڑا لطف آ رہا تھا جبھی خاموش سے بیٹھا جانے کہاں کھو گیا تھا۔ "کیا کروں۔۔۔ اگر یہ بھی نہ کروں تو دن کیسے گذاروں سارا دن بے کاری میں بھلا کیونکر کٹ سکتا ہے۔" بابا ٹھہر ٹھہر کر بولتا رہا۔ اس کی آنکھیں سوچ میں گھری تھیں اور لہجے میں اداسی جھلک رہی تھی۔

"واقعی بابا؟" میں نے کہا۔ "بات تو تم ٹھیک کہہ رہے ہو۔ لیکن ہلکے پھلکے کام خود کر لیا کرو اور باڑ وغیرہ کی مرمت کرنی ہو تو مجھے بتا دیا کرو میں مالی سے کروا دوں گا۔"

"تو بہت نیک ماں باپ کا بچہ ہے۔" جواباً بابا جذباتی لہجے میں میرے کاندھے پر ہاتھ رکھتے ہوئے بولا۔ "میں تجھے کس قدر ڈانٹ پھٹکار کرتا ہوں پھر بھی تو میری مدد کو ضرور آتا ہے۔"

"ہاں بابا یہ ماں باپ کی تربیت کا ہی فیض ہے کہ میں کسی کو تکلیف نہیں دیکھ سکتا۔ اور پھر تم تو میرے پڑوسی ہو وہ بھی ضعیف اور تنہا۔۔ تمہاری مدد کرنا تو میرا فرض ہے۔"

میرا جواب سن کر بابا خاموش ہو گیا اس کی نگاہیں دور خلاؤں میں گھور رہی تھیں۔ اور ایسے میں بے شمار سوالات میرے ذہن میں کلبلانے لگے۔ جنہیں میں بابا کی ناراضگی کے خوف سے ظاہر نہ کرتا تھا۔ پھر یہ بھی سوچتا کہ بابا مجھے اپنا ہمدرد سمجھے گا تو خود ہی اپنی کہانی سنا دے گا۔ مگر پھر میں پوچھ ہی بیٹھا۔

"بابا! ایک بات پوچھوں ناراض تو نہیں ہو گے۔۔" میں نے ڈرتے ڈرتے پوچھا۔

"ہاں ہاں پوچھو۔" بابا گھمبیر لہجے میں بولا۔

"بابا تم محلے کے ان بچوں کو کیوں ڈانٹتے ہو؟ بچے تو معصوم پھول ہوتے ہیں۔ ان پر شفقت کرنا ہم سب کا فرض ہے نا۔۔" میں نے آہستہ سے کہا۔

"کیوں نہ ڈانٹوں!" بابا ایک دم بھڑک اٹھا۔ "یہ کیا لینے میرے پاس آتے ہیں۔ ان کے کٹھور ماں باپ انہیں میرے سامنے آنے سے کیوں نہیں روکتے۔ میں انسان نہیں کیا میرا دل نہیں چاہتا کہ میرے آنگن میں بھی معصوم بچے کھیلیں۔ کیا اس بڑھاپے میں مجھے جوان اولاد کے سائے کی خواہش نہیں؟ تمہاری دنیا والوں نے مجھ پر ستم نہ توڑا ہوتا میں بھی آج ایک ہنستے بستے گھر کا مالک ہوتا۔۔" برسوں سے جو راز بابا سینے میں دبائے ہوئے تھا۔ اس کی زبان پر آہی گیا۔ لوہا گرم دیکھ کر میں نے ایک چوٹ اور لگائی۔

"کیا ستم کیا ہے دنیا والوں نے تم پر مجھے اپنی کہانی سناؤ۔ دکھ بانٹنے سے دکھ ہلکا ہو جاتا ہے بابا۔"

"ہونہہ!" بابا ایک طنزیہ مسکراہٹ سے ہنسا۔ "یہ کہو کہ تمہیں میرے متعلق جاننے کا اشتیاق ہے۔ مجھ سے میری کہانی سن کر اُسے افسانوی رنگ دے کر دنیا کو لطف اندوز کرنا چاہتے ہو۔ لیکن خیر! میں تمہیں آج سب کچھ بتا دوں گا۔ تاکہ تم اسے عبرت کی داستان بنا کر سب کو سناؤ۔" بابا کا لہجہ کربناک ہو گیا تھا۔ چند لمحے خاموش رہ کر اس نے پھر بولنا شروع کیا۔

"وہ۔۔۔ ایک حسین الہڑ دوشیزہ تھی جسے دیکھ کر کالج کے تمام لڑکے دل تھام لیتے تھے۔ مغرور ایسی کہ اگر رومال گر جائے اور اسے حاصل کرنے والا اُسے اُٹھا کر دے تو وہ رومال کو پیروں تلے روند کر گذر جاتی۔ لیکن۔۔۔ لیکن نہ جانے کیوں وہ مجھ پر مہربان ہو گئی۔ پھر ایک دن میری اتنی ہمت بڑھی کہ میں نے اس سے اظہارِ وفا بھی کر دیا۔ وقت کا

پنچھی اُڑتا رہا۔ دوسرے لڑکے مجھ سے حسد کرتے مگر میں اُسے اور وہ مجھے دیکھ دیکھ کر جیتے رہے۔ لیکن اس کے غرور میں اب بھی کمی نہ ہوئی تھی۔ وہ دراصل مردوں سے نفرت ہی نہیں حسد کرتی تھی۔ مردوں کی بڑائی کسی طور تسلیم نہ کر سکتی تھی۔ میں اپنے ماں باپ کا اکلوتا بیٹا تھا۔ میری خواہش کے آگے ساری دنیا کی نعمتیں ہیچ تھیں۔ لیکن میرے والدین اپنی عزت کو داؤ پر لگا کر اس سے میری شادی تو نہیں کر سکتے تھے۔ میں نے بہت چاہا کہ اُسے بدل دوں لیکن اس کے روّیہ میں ذرہ برابر تبدیلی نہ ہوئی۔ وہی بے باکانہ پن۔۔ دوپٹے سے بے نیاز۔ اپنے آپ میں گم،لوگوں کی انگلیاں اُٹھتیں۔۔ میں اسے ڈراتا مگر وہ کب کس کی سنتی۔ پھر وہی ہوا جس کا ڈر تھا۔ جب اُڑتا ہوا آوارہ پرندہ کہیں آشیانہ نہیں بناتا تو پھر کسی نہ کسی کا شکار بن جاتا ہے۔ اونچی اونچی کوٹھیوں والوں نے اُس کی بے باکی کو غلط رنگ دیا۔ لیکن جب اُسے حاصل نہ کر سکے تو پھر اُسے بدنام کر دیا۔ اتنی رسوائیاں اور تہمتیں اس کے دامن پر لگا دیں کہ میرا اس سے ملنا جلنا ناممکن ہو گیا۔ وہ شاید کبھی سدھر جاتی لیکن تہمتوں نے اُسے اور خود سر بنا دیا۔ اور وہ سب سے بیگانہ یوں مگن رہی جیسے اس کا ان باتوں سے کوئی تعلق ہی نہ رہا ہو۔ میں نے انتہائی کوشش کی کہ اُسی بدل دوں مگر جب وہ نہ بدلی تو پھر میں نے خود کو بدل ڈالا۔ پھر میں نے ایک فیصلہ کر لیا۔ اور۔۔۔ اور۔۔۔ آج تک اسی کی پاسداری کر رہا ہوں۔

فضا پر عجیب سوگوار سا سکوت طاری تھا۔ درختوں پر کوکتی ہوئی کوئل شاید بابا کی کہانی پر نوحہ کناں تھی۔ اور میں شرمسار بابا سے آنکھیں ملاتے کترا رہا تھا۔

***

لڈن

بہت غور و خوض کے بعد مجھے گمان ہوا کہ یہ نہ تو میری چھٹی حس ہے نہ ہی مجھ پر غیب سے انکشافات ہوتے ہیں بلکہ قدرت کے قانون کے تحت جو تھوڑی سی ذہانت میرے حصے میں آئی ہے وہ ان چند قیمتی لمحوں میں مجھ سے میری ذہانت سے وہی کچھ کروا لیتی ہے جو قدرت کا منشا ہوتا ہے۔

وگرنہ راہ چلتے چلتے مجھے کیونکر یہ احساس ہوتا کہ یہ سر کے اوپر گذرنے والا تار نیچے بھی تو گر سکتا ہے، اس کی ایک توجیح یہ بھی ہو سکتی ہے کہ میں نے ایسا بارہا اخباروں میں پڑھ رکھا تھا کہ کس طرح کوئی بجلی کے تار گرنے جاں بحق ہو گیا۔ اور اسی لیے میں گرتے تار سے پرے ہٹ کر بچ گیا تو اور شاید کار کے حادثات بھی میں نے بہت پڑھ رکھے ہیں اور کبھی مجھے یہ بھی خیال آتا ہے کہ فرض کرو ایسا کوئی حادثہ پیش آئے تو اس موقع پر کیا کرنا چاہیئے وغیرہ وغیرہ۔۔۔ کچھ بھی ہو۔ حقیقت یہی ہے کہ میری ذرا معمولی حرکت نے کار کے جان لیوا حادثے کو ایک ایسے حادثے میں بدل دیا کہ کار تو ختم ہو گئی البتہ میں صاف بچ گیا۔۔۔ یقیناً اس کی ایک وجہ یہ بھی تھی کہ اس وقت میرا وقت پورا نہیں ہوا تھا۔۔۔ اور جب تک پورا نہیں ہو گا ایسا ہوتا رہے گا۔۔۔

اس دن بھی ایسا ہی کچھ ہونے جا رہا تھا۔۔۔ اور پھر ہوا بھی مگر ایسا کچھ کہ اس کے نشانات آج بھی میری روح اٹھائے پھر رہی ہے۔۔۔

میرے چھوٹا بھائی نے جب یہ سنا کہ میں اپنے دوستوں کے ساتھ کرکٹ کا میچ

دیکھنے نیشنل اسٹیڈیم جارہاہوں تو وہ ہمیشہ کی طرح ہمارے پیچھے لگ گیا اور ہمیں مجبوراً اسے ساتھ لینا ہی پڑا۔۔ لڈن نے بھی اس کی سفارش کی اور ظفر تو پہلے ہی سے تیار بیٹھا تھا۔۔۔

"جس کو چلنا ہے چلے۔۔۔ سب کو بلا ٹکٹ اندر گھسانا میری ذمہ داری ہے۔" اس نے اعلان کیا۔

ہمارا خیال تھا کہ وہ ڈینگ مار رہا ہے۔۔ لیکن جب ہم سب گیٹ کے نزدیک پہنچے تو ظفر نے ہمیں پیچھے کھڑے رہنے کو کہا اور خود آگے بڑھ کر نہ جانے کس زبان میں کیا جادوئی باتیں کیں کہ گیٹ کیپر نے ہم سب پر نظر غائر ڈالی اور اشارہ کیا کہ ہم سب اندر داخل ہو جائیں۔۔۔

ہم سب تو مل کر ظفر کو کاندھے پر اٹھانے والے تھے۔۔ کہ واہ کیا پالا مارا ہے۔۔۔ مگر ظفر نے ہم سبھوں کو ڈانٹا اور تنبیہ کی کے چپ چاپ ادھر ادھر ہو کر جسے جہاں جگہ ملے بیٹھ جاؤ اور میچ دیکھو۔۔۔ ہم سب واقعی ادھر ادھر ہو گئے۔۔۔ میں میرا بھائی اور لڈن البتہ اکھٹے ہی رہے۔۔۔

تھوڑی دیر کے بعد ہی میرا اور لڈن کا دل میچ دیکھنے سے بھر چکا تھا۔۔۔ ہمیں یوں بھی میچ کب دیکھنا تھا۔۔۔ اگر دیکھنا ہوتا تو کیا گھر میں ٹی وی پر نہ دیکھ لیتا۔ ہمارا تو خیال تھا کہ اسٹیڈیم میں جاکر انسان چین سے میچ دیکھتا رہے تو اس سے بڑا بے وقوف اور کون ہو گا۔۔

اسٹیڈیم میں تو ہلہ گلہ ہونا چاہیئے۔۔ سو ہم تینوں اسی میں مشغول ہو گئے۔۔ برابر میں خواتینوں کا پویلین تھا ہم نے پہلے لڑکیوں کو تاڑنا اور پھر چھیڑنا شروع کر دیا۔

لڑکیوں کو چھیڑنا ہماری عمر کے لڑکوں میں اتنا معیوب نہیں سمجھا جاتا تھا۔ اور اس

وقت ہماری ہم عمر کی لڑکیاں بھی چھیڑ چھاڑ کا اتنا برا نہیں مناتی تھیں۔ نہ ہی ان لڑکیوں کو ہم سے یہ خوف ہوتا تھا کہ چھیڑ چھاڑ کے بعد ہم انہیں اغوا کرنے کی سوچیں گے۔ اس دور میں بس یہی ایک طریقہ تھا جنسِ مخالف سے رابطہ رکھنے کا۔۔ ہلکی پھلکی چھیڑ چھاڑ ہی اکثر محبت اور شادی کا سبب بن جاتی تھی۔ آج کل کی طرح نہ تو ڈیٹ ہوا کرتی تھی نہ ہی رستوراں وغیرہ میں ملنے کا رجحان ہوا کرتا تھا۔

ہم لڑکیوں کو بڑھ بڑھ کر کچھ کہہ رہے تھے اور وہ ہمیں جواب دے رہیں تھیں۔۔۔

لڑکیوں سے پھسلتے ہماری نگاہ چند باوردی پولیس والوں پر جا پڑی۔۔۔ ہم لوگوں کو بڑا تاؤ آیا۔۔۔

"دیکھو کیسے مزے سے سالے لڑکیوں کے درمیاں گھسے بیٹھے ہیں۔۔ کہنے کو ڈیوٹی دے رہے ہیں۔۔"

لڈن نے ٹکرا لگایا تو میں نے اس کی تائید کی۔۔ اب ہم تینوں بجائے لڑکیوں کہ پولیس والوں کو چھیڑنے لگے۔

انہوں نے ہمیں جوابا ڈنڈے دکھائے۔۔۔ لیکن ان کی مجبوری یہ تھی۔۔ کہ کھچا کھچ بھرے اسٹیڈیم میں ہمارے اور خواتین کے پویلین کے درمیاں لوہے کی باڑ لگی تھی لہذا پولیس والے سیدھا تو ہمارے پاس آ نہیں سکتے تھے۔۔۔ اور جب وہ دوسری سمت میں جانے لگتے تو ہم سمجھ جاتے کہ وہ اب خواتین کے پویلین سے نکل کر ہماری جانب آئیں گے چنانچہ ہم بھی باہر کی طرف چل پڑتے ہمیں چلتا دیکھ کر پولیس والے رک جاتے کہ کہیں ہم ان سے پہلے ہی نہ نکل بھاگ کھڑے ہوں۔۔ ہمیں اندازہ نہ تھا کہ پولیس والے سچ مچ ہم پر اتنے برہم ہو چکے ہیں کہ وہ ہمارے بھاگ جانے پر معاملے کو رفع دفع کر دینے

کو کافی نہیں سمجھ رہے تھے بلکہ اب انکی کوشش یہ ہونے لگی تھی کہ ہم کسی نہ کسی طرح ان کے ہاتھوں آ جائیں۔ جب کافی دیر یہ آنکھ مچولی ہوتی رہی تو پھر میں نے بھائی اور لڈن سے کہا کہ "چلو۔۔ یار اب چلتے ہیں۔ چھیڑ چھاڑ کچھ زیادہ ہی ہو گئی ہے۔ ایک تو ہم بلا ٹکٹ داخل ہوئے ہیں۔۔ ویسے بھی لڑکیوں سے چھیڑ چھاڑ میں اگر کوئی لڑکی گلے پڑ جائے تو بہت دن۔۔۔ مہینے یا شاید تمام عمر ہی سنور جاتی ہے۔ مگر یہ پولیس اگر گلے پڑ گئی تو عاقبت بھی بگڑ جائے گی"۔

بھائی تو فوراََ تیار ہو گیا مگر لڈن نہ مانا۔

کہنے لگا "یار چلو کسی اور طرف چلتے ہیں کچھ اور تفریح کریں گے"۔

اس بات پر میں رضا مند نہ تھا اور یوں میں اور بھائی تو گھر آ گئے۔ لڈن وہیں رہ گیا۔ ظفر اور دوسرے دوستوں کا ہمیں پتہ ہی نہ چلا وہ جانے کس طرف کو نکل گئے تھے۔

گھر میں دن کے ایک بجے دوپہر کے کھانے پر ابا ہمیشہ کی طرح منتظر ملے۔ یہ ہمارے گھر کی روایت تھی کہ اگر اسکول کالج یا دفتر کی مصروفیات حارج نہ ہوں تو تمام لوگ دن کے ایک بجے کھانے پر موجود ملتے۔ ہمارے ابا اپنے اصولوں کے سخت پابند آدمی تھے۔ انہیں ہم سب بھائیوں اور بہنوں کی مصروفیات علم رہتا تھا۔ یوں بھی کالج کی چھٹیاں تھیں۔

کھانا کھانے کے بعد ابا قیلولہ کے عادی تھے اور ہم سب کو حکم تھا کہ اپنے اپنے بستر پر یا کم از کم اپنے اپنے کمرے میں رہو۔ نیند نہ آئے تو کوئی کتاب پڑھو۔۔۔ نصابی کتاب کوئی بھی ہو پڑھنے کی ممانعت نہ تھی۔ البتہ غیر نصابی کتب ہمیں نہایت چھان پھٹک کر ہی پڑھنے کو دی جاتی تھیں۔ بہت عرصے تک تو ہمیں صرف بچوں کی دنیا، نونہال اور سنسر شدہ اخبار کے صفحات ہی پڑھنے کو ملتے تھے۔ لیکن اب ہم عمر کے اس حصے میں تھے کہ

اپنی پسند سے جاسوسی دنیا اور عمران سریز لے آتے تھے گو بظاہر ابا کو اس بات کا علم نہ تھا کہ ہم اب صرف بچوں کی دنیا، نونہال اور بچوں کی ہی ناول نہیں پڑھتے بلکہ جاسوسی کہانیاں اور اس جیسی دوسری خرافات سے بھی مستفیض ہو رہے ہیں۔

دوپہر ڈھلی تو ہم لوگ شام کے چار بجے پھر باہر نکل گئے۔ لڈن کا گھر ہمارے گھر سے دور نہ تھا۔ ہم سب اسی کے گھر جمع ہوتے تھے اور عموماً شام کا پروگرام طے ہوتا تھا کہ کیا کیا جائے۔ کبھی کرکٹ کھیلنے سڑک پر آ جاتے تو کبھی سنیما دیکھنے چلے جاتے۔ کوئی پروگرام نہ بنتا تو بیٹھے گپیں ہی ہانکتے۔ آج بھی ارادہ کچھ یہی تھا کہ سارے دوست اپنی اپنی کتھا سنائیں گے کہ کس کے ساتھ کیا بیتی۔

جب ہم لڈن کے یہاں پہنچے تو خالہ نے الٹا ہم سے سوال کر ڈالا۔۔۔ "لڈن کہاں ہے؟" یہ سن کر کہ لڈن اب تک گھر نہیں آیا ہے۔۔۔ میری تو سٹی گم ہو گئی۔

"ہیں"۔۔۔ لڈن گھر نہیں آیا۔۔۔ میرے منھ سے نکلتے نکلتے رہ گیا۔ "خا۔۔ خالہ۔۔ وہ یقیناً ظفر کے گھر ہو گا۔۔۔" میں نے بات کو بنانے کی کوشش کی۔۔ ہم لوگ تو پہلے چلے آئے تھے لڈن اور دوسرے لوگ اس وقت اسٹیڈیم میں ہی تھے۔"

اچھا! خالہ نے پریشانی سے کہا۔ "اب تک تو اسے گھر آ جانا چاہیئے تھا۔۔ لڈن سارا دن اسٹیڈیم میں گذارنے کے بعد اب ظفر کے گھر میں کیا کر رہا ہے۔" خالہ بولتی رہیں۔

"میں۔۔ جاتا ہوں ظفر کے گھر۔۔۔" میں نے باہر نکلتے ہوئے کہا۔ ظفر کا گھر بھی دو گلی کے بعد ہی تھا۔

ظفر گھر پر ہی تھا اور اسے بھی معلوم نہ تھا کہ لڈن کہاں ہے۔ ظفر نے بتایا کہ وہ ہم لوگوں سے بچھڑ کر اکیلے رہ جانے کی وجہ سے شرافت سے میچ دیکھتا رہا تھا۔ لڈن کی تلاش میں، میں ظفر کو لیکر امتیاز کے گھر کی طرف چلا۔ ہمیں امید تھی کہ لڈن وہاں ضرور ہو گا۔

کیونکہ امتیاز اور لڈن کی دوستی ہم سب کے مقابلے میں سب سے زیادہ تھی۔ ظفر کا بھی یہی قیاس تھا کہ ہمارے اسٹیڈیم سے چلے آنے کے بعد یقیناً لڈن نے امتیاز کو تلاش کر لیا ہو گا اور پھر دونوں نے خوب تفریح کی ہو گی اور اسی لئے اپنی شرارتوں سے محظوظ ہونے کے لئے لڈن امتیاز کے گھر چلا گیا ہو گا۔ اور وہیں کھانا وانا کھا کر وہ لوگ بھی اب ہماری طرف آرہے ہوں گے۔ کہ اپنی کارستانی سے ہم سبھوں پر رعب جما سکیں۔

جب میں اور ظفر، امتیاز کے گھر پہنچے تو پتہ چلا کہ امتیاز بھی اکیلا ہی گھر آیا تھا۔ اور وہ بھی ہم سب سے ملنے، ہماری طرف ہی آرہا تھا کہ بقیہ لوگوں کی خیر و خبر لے۔ اور کس نے کیا تیر مارا ہے یہ پتہ کیا جائے۔

امتیاز کو لیکر ہم لوگ اس کے گھر سے گلی کے نکڑ پر آگئے اور ایک گٹر کے ڈھکن کے قریب ہم تینوں بیٹھ گئے اور پھر میں، ظفر اور امتیاز اپنی اپنی روداد ایک دوسرے کو سنانے لگے۔

میں نے ان دونوں کو اسٹیڈیم میں ہونے والی تمام چھیڑ چھاڑ من و عِن بتا دیا۔ ہم تینوں سوچ رہے تھے کہ لڈن کے غائب ہونے میں کہیں اس چھیڑ چھاڑ سے کوئی تعلق نہ ہو۔ میں تو بہت ہی گھبرا رہا تھا۔ چونکہ لڈن ہمارے ساتھ تھا اور چھیڑ چھاڑ کا میں اور میرا بھائی۔۔ فقط ہم دونوں ہی گواہ تھے۔

طے یہ ہوا کہ ہم سب واپس لڈن کے گھر چلتے ہیں۔ کیا پتہ اس دوران لڈن واپس آ ہی گیا ہو۔ اور اگر ایسا ہے تو۔۔۔ اس سے بہتر بات اور کیا ہو سکتی تھی۔۔۔ وگرنہ۔۔۔۔ وگرنہ ہمیں ساری بات لڈن کے ابا۔۔ یعنی خالو کو بتانی ہو گی۔ یہ کوئی آسان کام نہ تھا۔ بھلا میں لڈن کے ابا کو کیونکر بتا سکتا تھا کہ ہم لڑکیوں کو چھیڑتے رہے ہیں اور اسپر بھی بس نہیں۔۔ پولیس والوں کو بھی اپنی چھیڑ چھاڑ کا نشانہ بناتے رہے ہیں۔

منھ لٹکائے، آہستہ آہستہ ہم تینوں لڈن کے گھر واپس آئے۔ خالہ نے ہمیں دیکھتے ہی پھر سوال داغ دیا۔۔ "کہاں رہ گیا۔۔ یہ لڈن"۔

"خالہ! میں نے مری ہوئی آواز میں کہنا شروع کیا۔ "لڈن، میں اور میرا چھوٹا بھائی ہم تینوں اسٹیڈیم تک تو ساتھ رہے تھے۔ پھر میں نے لڈن کو بہت کہا کہ چلو گھر چلتے ہیں لیکن وہ نہیں مانا۔ مجھے گھر جلدی واپس آنا تھا چونکہ آج میرے ابا گھر پر تھے اور دوپہر کے کھانے پر موجود نہ ہونے کی کوئی وجہ وہ سننے کے لئے ہرگز تیار نہ ہوتے۔ چنانچہ میں اور میرا بھائی لڈن کو چھوڑ کر گھر لوٹ گئے تھے۔"

اب میں خالہ کو کیا بتاتا کہ چھیڑ چھاڑ کی وجہ مجھے تو ویسے ہی بھاگنے کی پڑی تھی کہ اب کچھ ہونے والا ہے بھاگ لو۔۔۔ البتہ یہ بات میں اسٹیڈیم میں لڈن کو اچھی طرح سمجھا نہیں سکا تھا۔

جب میری بات مکمل ہو گئی تو ظفر نے ٹکڑا لگایا۔ "اور بھی تو بتاؤ۔۔ وہاں کیا ہوا تھا۔۔" ظفر کی بات سن کر مجھے تو فوراً پیشاب کی حاجت محسوس ہونے لگی اور میں باتھ روم کی طرف چلا گیا۔ ظفر نے یقیناً بقیہ حالات سے خالہ کو آگاہ کر دیا ہو گا۔ جب میں باتھ روم سے واپس آیا تو خالہ، خالو کے کمرے میں جا چکی تھیں۔ وہ خالو کو تمام رام کہانی سنا رہی تھیں۔ عام حالات میں مجھے اپنی امی سے بھی یہی شکوہ ہوا کرتا تھا کہ وہ تمام حالات سے ابو کو آگاہ کر دیتی تھیں اور پھر ابو پوری طرح سے ایکشن میں آجاتے۔ مگر آج ہمیشہ کے بر عکس مجھے ڈھارس ہو رہی تھی کہ خالو سب صورتحال جان کر یقیناً لڈن کو تلاش کر لیں گے۔ تھوڑی دیر بعد ہمیں خالو کی گرجدار آواز سنائی دی۔

"سہیل ادھر آؤ۔۔ امتیاز اور ظفر تم بھی۔۔۔"

خالو کی آواز کیا تھی گویا اسکول میں ہونے والی پریڈ کی کاشن، رائٹ ٹرن کی آواز پر

بندے سیکنڈوں میں سیدھے ہاتھ کو مڑ جاتے اور مارچ کی آواز پر چلنے لگتے۔ سو ہم تینوں چند سیکنڈ بعد خالو کے سامنے مسمی صورت بنائے تمام واقعات سے انہیں آگاہ کر رہے تھے۔ لڑکیوں کو چھیڑنے کا قصہ نکال کر میں نے پولیس والوں سے چھیڑ چھاڑ کو ذرا لمبا کر دیا تھا۔

"ہوں! تو تم لوگ پولیس والوں سے بھی نہیں گھبراتے"۔ خالو نے ٹھنڈی سانس لیتے ہوئے کہا۔

"تم لوگوں کی عمر میں لڑکیوں سے چھیڑ چھاڑ تو سمجھ میں آتی ہے لیکن یہ پولیس والے سے تم لوگوں کو کیا بغض تھا۔" وہ بولتے رہے۔

"اچھا!" خالو کچھ سوچ کر بولے اور کہیں جانے کے لئے اٹھ کھڑے ہوئے۔ جتنی دیر میں وہ کرتا پہنتے اور پائے جامے کی چنٹیں درست کرتے خالہ نے بڑبڑانا شروع کر دیا۔

"تم سب کے سب نہایت فسادی ہو۔ میں اسی لئے اس بات کے خلاف ہوں کہ تم سب اکھٹے کہیں جاؤ۔ اب خدا جانے کیا ہو گا۔۔۔ میرا بچہ نہ جانے کن مشکلوں میں گھرا ہو گا۔ اور تم سب خود صاف نکل آئے۔"

"خا۔۔۔ خالہ۔۔ وہ۔۔ وہ" میں ہکلایا۔ "دراصل میں نے تو لڈن سے۔۔ کہا۔۔ تھا" میں نے اپنی سفارش پیش کرنی چاہی۔

"چپ رہو!" خالہ نے مجھے ڈانٹا۔ "اچھے دوست ہو تم۔۔۔ مشکل پڑی تو بھاگ لی"

"ارے بھئی۔۔۔" خالو نے میری طرفداری میں بولنا شروع کیا۔ "وہ بچارا کہہ تو رہا ہے کہ میں نے لڈن کو واپس چلنے کو کہا تھا۔ آخر کو اس کا بھائی بھی تو ساتھ واپس چلا آیا نا۔ اب لڈن صاحب ہیں ہی اتنے بیوقوف تو اس کا سہیل کیا کرے۔"

"چلو تم سب میرے ساتھ!" خالو نے ہم سب کو مخاطب کیا "ڈی ایس پی صاحب

کے یہاں چلتے ہیں۔"

ڈی ایس پی صاحب بھی ہمارے محلے ہی میں رہتے تھے اور ہم سب ان سے اچھی طرح سے واقف تھے۔ ان کے اور لڈن کے گھر والوں میں کافی اچھی دوستی تھی۔

در حقیقت ہم لوگ بھی انہیں آصف چچا کہتے تھے۔ اور پولیس والوں سے چھیڑ چھاڑ کی ہمت بھی ہمیں ان ہی کی وجہ سے تھی۔ ہم سوچتے تھے کہ گڑبڑ ہوئی تو وہ ہمیں صاف بچا لیں گے۔ میری سمجھ میں یہ نہیں آرہا تھا کہ اگر لڈن کو کسی پولیس والے سے کوئی مسئلہ پیش آگیا تھا تو اس نے اپنی گلو خلاصی کے لئے آصف چچا کا حوالہ کیوں نہیں دیا۔۔۔ اور اگر اس نے ان کا حوالہ دیا تھا تو وہ کون سے لوگ تھے جو اس کے باوجود لڈن کو ساتھ لے گئے تھے۔۔۔ انہی شش و پنج میں راستہ کٹا اور ہم لوگ ڈی ایس پی کے گھر پہنچ گئے۔ ڈی ایس پی صاحب نے ساری کتھا سنی اور پھر فوراً ہی فون گھمانا شروع کر دیا۔ سب سے پہلے انہوں نے اپنے دفتر فون کیا اور لڈن کا حلیہ حبشہ بتایا اور بتایا کہ وہ اسٹیڈیم سے گھر نہیں آیا ہے۔

پھر انہوں نے قریبی تھانے فون گھمایا اور ڈیوٹی افسر کو ساری تفصیلات دی۔

ڈی ایس پی صاحب لڈن کو بہت چاہتے تھے۔ وہ مجھے اور لڈن کو اکثر کہتے۔۔ "آؤ تم دونوں بھی پولیس میں بھرتی ہو جاؤ۔۔ مزے کرو گے۔۔" مگر ہم لوگوں کے رجحانات کچھ اور تھے اس لئے ہم کبھی ان کی بات پر دھیان ہی نہ دیا تھا۔

"اچھا!" تھوڑی دیر بعد جب ڈی ایس پی صاحب ٹیلیفون وغیرہ سے فارغ ہوئے تو متفکر لہجے میں بولے۔ "جاؤ تم لوگ لڈن کی امی کے پاس جاؤ اور حسینہ چچی کو بھی لے جاؤ اور ان کو ڈھارس دو، مجھے معلوم ہے وہ بچاری تو بالکل ہی نڈھال ہو رہی ہوں گی۔"

اور پھر بولے۔ "میں جاتا ہوں۔۔ دفتر۔۔ دیکھتا ہوں کہ کیا کر سکتا ہوں"۔

ڈرائیور کو گاڑی نکالنے کا کہہ کر وہ گھر کے اندر چلے گئے۔۔۔ کپڑے بدلنے پانچ منٹ بعد ہی ہم لوگ خالہ۔۔۔ لڈن کی امی کے پاس بیٹھے تھے اور ڈی ایس پی صاحب جیپ میں بیٹھ کر اپنے دفتر جا چکے تھے۔

خالہ کی حالت خراب ہو رہی تھی۔ تاہم انہیں ڈھارس تھی کہ ڈی ایس پی صاحب جلد ہی لڈن کا پتہ چلا لیں گے۔۔۔

لڈن کو غائب ہوئے دو دن گزر چکے تھے۔۔۔ اور اس کا کوئی پتہ نہ تھا۔

ڈی ایس پی صاحب نے دن رات ایک کر دیا تھا مگر نہ جانے لڈن کہاں تھا۔

خالہ کی حالت نہایت غیر ہو چکی تھی۔ انہیں بے ہوشی کے دورے پڑ رہے تھے۔ انہوں نے کھانا پینا بھی چھوڑ رکھا تھا۔ ایک ڈاکٹر آتا اور ان کی دیکھ بھال کرتا۔

وہ جب بھی ہوش میں آتیں۔۔ لڈن کا پوچھتیں اور پھر بے ہوش ہو جاتیں۔ سارے گھر میں کہرام مچا ہوا تھا۔

لڈن اپنے محلے میں بھی بہت ہر دل عزیز تھا۔ یہی وجہ تھی کہ محلے بھر کے لوگ آ آ کر اس کی خیریت معلوم کر رہے تھے۔ محلے کی خواتینوں نے تو لڈن کے گھر ڈیرا ہی جما لیا تھا۔ اور گھر سامنے مرد حضرات پلنگ اور کرسیوں پر براجمان تھے۔ ہر کوئی اپنے خدشات اپنے اندازے کے مطابق سنا رہا تھا۔ کوئی پرانے واقعات سنا رہا تھا۔ جمع تو سارے لوگ ہمدردی دکھانے کے لئے ہوئے تھے، مگر باتیں سبھوں کی دہلا دینے والی تھیں۔ ایسے میں کیا خاک کسی کی دلجوئی ہوتی ان سب باتوں سے ہولناکیاں اور زیادہ بڑھ رہیں تھیں اور خوف کے سائے تیزی سے پھیل رہے تھے۔

لڈن کو غائب ہوئے کئی دن گزر گئے۔۔۔۔

ڈی ایس پی صاحب بھی اس کی پر اسرار گمشدگی کی وجہ بتانے سے قاصر تھے۔ ان

کہنا تھا کہ اگر لڈن شہر کے کسی بھی تھانے میں بند ہوتا تو اب تک اس کا پتہ چل جانا یقینی تھا۔۔ ایسا ہو نہیں سکتا تھا کہ کسی بھی برانچ کے کسی بھی تھانے میں لڈن کو بند رکھا جائے اور وہ اپنے ذرائع سے معلوم کرنے سے قاصر رہیں۔

وہ کہتے تھے کہ نہایت حساس قسم کے جرم میں ملوث افراد یا فوج کی تحویل میں لئے جانے والے افراد کو چھڑانا مشکل یا کبھی ناممکن ہو جاتا ہے لیکن پتہ ان کا چل جاتا کہ وہ کہاں اور کس کی تحویل میں ہیں۔ اسی طرح شہر کے کسی بھی اسپتال سے بھی لڈن کی بابت کوئی اطلاع نہ مل سکی۔

لڈن کو لگتا تھا جیسے آسمان کھا گیا ہو یا زمین نگل گئی ہو۔ ڈی ایس پی صاحب اپنے طور پر دوسرے شہر سے بھی پتہ کروا رہے تھے مگر دوسرے شہر سے پتہ کروانا خاصا مشکل کام تھا۔

دن۔۔۔ ہفتوں میں۔۔ اور ہفتے مہینوں میں بدلتے گئے۔ لڈن کا کچھ پتہ نہ چلا۔۔۔

لڈن کی امی کی حالت پاگلوں کی سی ہو کر رہ گئی تھی۔۔۔ انہیں نفسیاتی علاج کے اسپتال، علاج کی غرض سے لے جایا گیا۔ لڈن کے ابا نہایت گم سم رہنے لگے۔۔

ایک دوست کے یوں۔۔ اچانک۔۔ غائب ہو جانے سے سب کچھ بدل گیا۔ ہمارے دوستوں، محلے کے ملنے ملانے والوں اور رشتہ دار جو پاس پڑوس میں رہتے تھے سبھوں نے آنا جانا اور ملنا جلنا کم کر دیا۔۔۔ سب۔۔ کچھ اس طرح بکھر گیا تھا جیسے کوئی مالا ٹوٹ گئی اور اس کے دانے ادھر ادھر بکھر گئے ہوں۔ ہماری دوستی کو نظر لگ گئی تھی۔ اب ہم تمام دوست ایک دوسرے سے کترانے لگے تھے۔ ہر کوئی دوسرے پر ایسے شک کرتا جیسے لڈن کے غائب ہونے میں اس کا کوئی ہاتھ ہو۔ یا شاید اسے کچھ زیادہ پتہ ہو مگر وہ دوسرے کو شریکِ راز کرنے گھبراتا ہو۔

میں اسی محلے پیدا ہوا تھا۔۔۔ میرا بچپن اور لڑکپن یہیں گزار تھا۔۔۔ پاس پڑوس کے گھروں میں آنا جانا تھا۔۔ محلے میں خالہ، خالو، چچا چچی جیسے ان گنت رشتے دار تھے اور ان سارے رشتوں کی بڑی اہمیت تھی۔ سارے لڑکے لڑکیاں ایک دوسرے کو جانتے تھے۔ کئی لڑکے ایک دوسرے کے جگری یار تھے۔ لڑکیاں آپس میں سہیلیاں تھیں۔ نوجوانی میں قدم رکھتے لڑکے لڑکیاں ایک دوسروں کو اچھے بھی لگنے لگے تھے۔ کسی کا چپ چاپ کسی سے معاشقہ بھی چل رہا تھا غرضیکہ محلے میں ایک سکون تھا۔۔ ہم آہنگی تھی۔۔۔ جو لڈن کے غائب ہونے سے ایکدم ختم ہو گیا۔۔۔ اور یہ محلہ اب نہایت بدلا بدلا سا لگنے لگا۔ حالانکہ زندگی اپنے ڈھرے پر چل ہی رہی تھی۔۔۔ اور نہایت خاموشی سے روزمرہ کے معمولات پہلے جیسے چل رہے تھے۔۔ اور اس کے باوجود کچھ بھی پہلے جیسا نہ تھا۔

تقریباً سال بھر کی بھاگ دوڑ اور تلاشِ بسیار سے لوگ عاجز آ چکے تھے۔ لڈن کے والدین تو اس موضوع پر گفتگو ہی نہ کرتے تھے۔

میرا بہت قریبی دوست گم ہو چکا تھا۔ جسکا مجھے صدمہ تھا۔ سال بھر کے بعد، میں بھاگ دوڑ کر قبرص کی ایک یونیورسٹی میں داخلہ لینے میں کامیاب ہو گیا اور پھر میں قبرص چلا گیا۔

سال دو سال بعد جب بھی وطن واپس آتا تو معلوم ہوتا کہ لڈن اب بھی لاپتہ ہے۔

پھر میرے والدین اس علاقے سے دوسری جگہ منتقل ہو گئے۔ ان کی طرح اور بھی کئی لوگ وہاں سے ہٹ گئے۔ اور محلہ تیزی سے تتر بتر ہوتا چلا گیا۔

نائن الیون کے سانحہ کے بعد ہم لوگوں نے اپنے ملک بھی جانا بھی کم کر دیا۔ بچے بڑے ہو گئے ذمہ داریاں بڑھ گئیں۔

تقریباً آٹھ سال بعد۔۔۔ نائن الیون گزرنے کے سات سال بعد جب میں وطن آیا تو پتہ چلا کہ لڈن آیا ہوا ہے۔

یہ سن کر میں تو حیرت کے سمندر میں غوطے کھانے لگا۔ بھلا اتنے سالوں بعد لڈن کہاں سے آ گیا۔ لڈن اتنے سال کہاں رہا۔۔۔ لڈن اب کہاں رہ رہا ہے۔۔۔ یہ وہ سارے سوالات تھے جو لڈن کے نام کے ساتھ ہی میرے ذہن میں کلبلانے لگے۔

مجھے معلوم تھا کہ اس عرصے میں جبکہ لڈن غائب تھا۔۔۔ اس کے والدین دنیا سے سدھار چکے تھے۔۔۔ لڈن سے ملنا بھی آسان کام نہ تھا۔۔۔ کیونکہ کوئی بھی مجھے بغیر کوئی وجہ بتائے اس کے پاس لے چلنے کو تیار نہ تھا۔ اور میں پردیسی اب اس شہر میں اکیلا گھوم پھر نہیں سکتا تھا۔۔۔ اس شہر کا تو حلیہ ہی بدل چکا تھا۔

بڑی مشکلوں کے بعد لڈن سے ملنے کی صورت بنی۔۔۔ جب میں لڈن سے ملا تو حیران رہ گیا۔۔۔ بڑے بڑے بالوں اور لمبی لمبی داڑھی میں چھپا لڈن انسان سے زیادہ ریچھ لگ رہا تھا۔ وقت اور حالات نے ہم دونوں ہی کے حلیے کو یکسر بدل دیا تھا۔ لیکن لڈن کی ظاہری حالت بتا رہی تھی کہ اس نے وقت کی لائی تبدیلی کو اپنے اوپر کسی خلاف کی طرح چڑھا لیا تھا۔ اس نے کوئی کوشش نہ کی تھی کہ انسان بڑھتی عمر سے آنے والی تبدیلیوں کو لباس تراش خراش، داڑھی مونڈنے، بالوں کو سنوارنے کی مدد سے اپنے مزاج کے موافق ڈھالے۔

لڈن سے مل کر میں اسے دیکھتا ہی رہ گیا۔ گر میں آگے بڑھ کر اس سے نہ ملتا تو شاید وہ مجھے پہچانتا بھی نہیں۔ یا پھر یہ تبدیلی بھی وقت نے اس پر طاری کر دی تھی کہ وہ کسی کو آگے بڑھ کر معانقہ بھی کرنا بھول گیا تھا۔

"یار لڈن۔۔۔" میں نے اسے دبوچتے ہوئے پوچھا۔ "تو نے کیا حالت بنا رکھی ؟

کہاں چلا گیا تھا یار تو۔۔۔"

"صبر صبر میرے یار!" لڈن نے پہلی بار لب کھولا۔

"بیٹھو! پھر ساری کہانی سن لینا۔ اور اپنی کہو"۔

میں بیٹھ گیا۔ میں نے لڈن کو اپنے بارے میں بتانے لگا۔ "تعلیم مکمل ہو گئی۔ شادی کرلی۔۔

بچے ہو گئے۔۔ بچے بڑے بھی ہو گئے۔۔ بس اب تو صبح سے شام تک نوکری کرنا ہی ہماری مشغولیت ہے۔"

"پر یار تو بتا۔۔ تو کہاں تھا۔۔۔" میں اپنی بے صبری نہ چھپا سکا اور اصل موضوع کی طرف آگیا۔

میں جتنا بے صبر ہو رہا تھا لڈن اتنا ہی پر سکون نظر آ رہا تھا۔

"اچھا یہ بتاؤ! اس نے دھیرے سے پوچھا" کہاں سے سننا چاہتے ہو میری کہانی۔"

"لگتا ہے تم اپنی کہانی بہت دفعہ سنا چکے ہو۔ اسی لئے اتنے آرام سے بیٹھے ہو" میں نے کہا۔

"ہاں بھئی!۔۔۔ جن حالات سے گزرا ہوں اس کی کہانی بار بار دہرانے کے باوجود نہ کبھی کسی نے اسے غور سے سنا اور نہ کسی نے اس پر یقین کیا۔ اسی لئے اپنی کہانی سنانے سے ذرا کتراتا ہوں!" لڈن نے کہا۔

"اچھا! میں حیرانی سے بولا۔" کس کس کو تم اپنی کہانی سنا چکے ہو۔ اور یقین۔۔ یقین کوئی کیوں نہیں کرتا"۔

"اس بات کو چھوڑو۔۔۔۔ اچھا تو سنو"۔۔۔ لڈن نے کہا اور پھر اپنی کہانی وہیں سے سنانا شروع کی جہاں سے وہ ہم سے بچھڑ گیا تھا۔

"اسٹیڈیم سے تمہارے جانے کے بعد بھی میں چھیڑ چھاڑ میں لگا رہا۔ البتہ پولیس والوں کو چھوڑ کر میں ایک لڑکی کے پیچھے پڑ گیا۔ لیکن وہ لڑکی بھی خوب تھی اس نے میری خوب حوصلہ افزائی کی اور بلآخر مجھے اسٹیڈیم سے باہر آنے پر تیار کر لیا۔

گیٹ پر جب وہ مجھے ملی تو میں نے دیکھا کہ وہ دور سے مجھے جتنی خوبصورت نظر آ رہی تھی اس سے کہیں زیادہ حسین تھی۔

مجھ سے کہنے لگی۔ " چلو میں تمہیں اپنے گھر لے چلتی ہوں "۔ گھر جانے کا سن کر میرے حواس گم ہو گئے۔ میں سمجھ گیا کہ اب وہ مجھے اپنے بھائیوں سے پٹوائے گی۔

میں نے اس سے کہا کہ "چلو قریبی رستوراں میں کھانا کھانے چلتے ہیں۔"

وہ یوں تیار ہو گئی کہ جیسے کوئی بات ہی نہ ہو۔ کھانا وانا کھانے کے بعد ہم دونوں یوں گھل مل گئے جیسے ہم ایک دوسرے کو برسوں سے جانتے ہوں۔ کھانے کے بعد اس نے اصرار کیا کہ میں اس کے گھر چلوں۔ اب میرے دل سے اس کے بھائیوں کا خوف بھی نکل چکا تھا۔ دراصل اس کے بھائی تھے ہی نہیں۔ اور اس نے بتایا کہ وہ صرف اپنے ابا کے ساتھ رہتی تھی۔ اور اس کے بقول اس کے ابا اس کی ایسی کسی ملاقات کو ناپسند کرنے کی بجائے اس کی حوصلہ افزائی کریں گے اور پھر اس نے یہ کہہ کر مجھے قائل کر لیا کہ وہ اپنی ہر بات اپنے والد کو علم میں لا کر ہی کرتی ہے۔ اور یہ کہ وہ مجھے اپنے ابا سے ملوانا چاہتی ہے۔

لیکن جب میں اس کے گھر پہنچا تو پریشان ہو گیا۔ اس کے ابا کیا تھے، محلے کی مسجد کے مولوی صاحب، لمبی زلفیں، لمبی داڑھی، ٹخنے سے اونچا پائیجامہ پہنے، کاندھے پر رومال۔ ایسے مذہبی نظر آنے والے انسان کی اتنی ماڈرن بیٹی میں نے دل سوچا۔۔۔ اور سمجھ گیا کہ اب بالکل ہی خیریت نہیں۔۔۔

اس کے ابا میری توقع کے خلاف مجھ سے نہایت اچھی طرح سے پیش آئے۔ وہ مجھ سے باتیں کرنے لگے اور۔۔۔ نوشین۔۔۔ ہاں یہی نام تھا اس کا۔۔۔ نوشین اندر چلی گئی چائے بنانے۔

اور پھر۔۔۔ اس کے مولوی صاحب نما ابا نے مجھ پر حیرت کے پہاڑ توڑ دیئے۔۔۔

"بیٹا! تم دونوں جوان ہو اور یوں بے تکلفی سے دو نوجوانوں کا ملاپ ہمارے مذہب کی تعلیم کے بر خلاف ہے۔ تاہم اگر تم نوشین سے نکاح کر لو تو ساری باتیں جائز ہیں۔" نوشین کے ابا بولے۔

"مم۔۔ مگر" میں ہکلایا۔ "میں اپنے والدین کو آپ سے ملواتا ہوں پھر جیسا آپ لوگ طے کریں۔"

در حقیقت میں نوشین کی زلفوں کا اسیر ہو چکا تھا۔ ان چند گھنٹوں میں ہم بہت قریب آ چکے تھے۔ نوشین نہایت بے باک لڑکی تھی۔ اور اس کی اداؤں نے مجھے بالکل ہی موم کر دیا تھا۔

لیکن وہیں بیٹھے بیٹھے نکاح کر لینا۔۔۔ ایسا میں نے خواب میں بھی نہیں سوچا تھا۔

"تمہاری مرضی"۔۔۔ نوشین کے ابا بولے۔

"ملنا جلنا تم لوگ تب ہی کر سکتے ہو جب تم دونوں کا نکاح ہو جائے۔

" اور۔۔ اور میں نے لڈن کی بات کاٹی۔۔۔ وہ جو یوں اسٹیڈیم میں پھر رہی تھی اور تمہیں پھنسا کر لے آئی تھی۔۔ وہ سب جائز تھا کیا؟

"ارے یار۔۔۔" لڈن نے میری مداخلت پر انتہائی ناپسندیدگی کا اظہار کرتے ہوئے کہا۔

"جو ہونی تھی سو ہوئی۔۔۔ اور پھر لڈن نے کہانی آگے بڑھائی۔

" خیر میں تو دوسرے دن کا کہہ کر چلا آتا۔ مگر پھر نوشین چائے لیکر آ گئی۔ اسی دوران ٹیلی فون بجنے لگا اور اس کے ابا اٹھ کر دوسرے کمرے میں ٹیلی فون سننے چلے گئے۔ اور نوشین تو لگتا تھا کہ مجھ میں گھسی چلی آ رہی ہو۔ کچھ دیر بعد اس کے ابا جب کمرے میں واپس آئے تو اس وقت میرے اوسان خطا ہو رہے تھے۔ یا نوشین کا نشہ تھا یا اس کی چائے کا اس بات کا مجھے آج تک پتہ چل نہ سکا۔ مجھے صرف اتنا یاد ہے کہ نوشین کے ابا نے ہم دونوں کا نکاح اسی وقت پڑھا دیا۔ پڑوس سے دو افراد گواہ کے طور پر بھی آ گئے اور یوں میں سبھوں کو بھلا کر اپنی نئی نویلی دلہن کے ساتھ سہاگ رات منانے میں لگ گیا۔

یقین کرو میرے دوست یہ نشہ ایک دو دن کا نہیں تھا۔۔۔ شاید میں ایک ہفتے اسی گھر میں مقیم رہا۔ مجھے تو کچھ پتہ نہ تھا کہ وہاں کیا ہو رہا ہے۔ نوشین برابر میرے آرام کا خیال رکھ رہی تھی۔ اور ہم نو بیاہتا جوڑے کی مانند وقت سے لطف اندوز ہو رہے تھے۔ پھر ایک دن شام کو نوشین جانے کہاں سے دو ہوائی ٹکٹ لے آئی اور کہنے لگی۔ "ہم لوگ ہنی مون منانے سوات جا رہے ہیں۔"

میں حیران تو ہوا مگر میرے اندر سوال و جواب کی ہمت نہیں رہی تھی۔ میں ہر وقت تھکا تھکا محسوس کرتا۔ دن بھر سوتا رہتا۔ بھوک لگتی تو اٹھتا، کھاتا پیتا اور جتنی دیر جاگتا رہتا نوشین پورے انہماک سے میری دلجوئی کرتی۔ ایسی ایسی اٹکھیلیاں کرتی کہ ہم پھر سے ایک دوسرے میں مدغم ہو جاتے اور تھک تھکا کر سو جاتے۔ میں تو سوتا ہی رہتا مگر وہ نہا دھو کر تیار ہو کر کمرے سے باہر چلی جاتی۔ مجھے کبھی معلوم بھی نہ ہوتا کہ وہ کیا کر رہی ہے یا کہاں جا رہی ہے۔ کبھی وہ بتاتی کہ وہ کھانا پکا رہی تھی۔۔۔ کبھی وہ خریداری کے لئے گئی ہوئی ہوتی۔۔۔ نہ کمرے میں کوئی آتا نہ مجھے کمرے سے باہر جانے کی ضرورت ہوتی۔ مجھے یہ بھی معلوم نہ تھا کہ گھر میں میرے اور نوشین کے علاوہ کوئی اور بھی موجود

تھا یا نہیں۔

ایک ہفتے بعد ہم لوگ سوات چلے گئے۔

سوات میں ہم لوگ ایک سرائے میں ٹھہرے۔۔۔ بعد میں پتہ چلا کہ یہ سرائے نہیں ہے بلکہ یہاں ایک فیملی بھی رہتی ہے۔

ہنی مون تو جو ہونا تھا۔۔ وہ کراچی میں ہو چکا تھا۔ یہاں آ کر تو میں نوشین کے ابا جیسے بہت سارے مردوں میں گھر کر رہ گیا تھا۔ نوشین تو مجھے کم کم ہی نظر آتی۔ گھر سے ملحقہ مسجد تھی۔ مجھے بھی پانچ وقت کی نماز پڑھنی پڑتی۔ داڑھی مونڈنے سے مجھے روک دیا گیا۔ اور یوں میں بھی باریش ہوتا گیا۔ ہفتہ دس دن بعد مجھے مدرسے میں دوسرے مردوں کے ساتھ دینی تعلیم دی جانے لگی۔ نوشین مجھ سے بالکل بچھڑ چکی تھی۔ اور۔۔ شاید۔۔ نہیں بلکہ یقیناً وہ مجھے اس کیمپ تک پہنچا کر اپنی ذمہ داری پوری کر چکی تھی۔۔۔ یہ عقدہ بھی مجھ پر اس عقدِ جبر کے بہت عرصے بعد کھلا۔

اس کے بعد میری عسکری تربیت شروع ہو گئی۔

مجھ پر چڑھا نشہ اتر چکا تھا۔۔ اور میری آنکھیں کھل چکی تھیں۔۔۔ میرے ساتھ ایک زبردست دھوکہ ہوا تھا۔۔ مجھے اس کا پتہ جب چلا جب میں مکمل طور پر پھنس چکا تھا۔

کیمپ کی تربیت کے چند مہینوں بعد مجھے کابل اور پھر قندھار پہنچا دیا گیا۔ اور پھر میں ان بہت سارے رضاکار اور جبری جہادیوں کے گروہ میں شامل، جہاد میں مصروف ہو گیا۔

ایک مقام سے دوسرے مقام جانا۔۔ دن کو چھپنا۔۔۔ رات کو مورچے پر جانا۔۔۔ بھاگم دوڑ۔۔۔

پہاڑ کی کھوہ میں رہنا۔۔۔سب کچھ میرا معمول بن چکا تھا۔۔

اور پھر اچانک ایک دن ہمارا گروہ نارتھ الائینز کے ہاتھوں شکست کھا کر قید کر لیا گیا۔ چند ہفتوں بعد ہمیں سفید فوجیوں نے اس کمرے نما جیل سے نکالا۔۔۔اور پھر ہمیں پتہ چلا کہ ہم امریکیوں کے قید میں ہیں۔۔۔۔

ہوتے ہوتے ہم سب ایک نامعلوم مقام پہنچا دیئے گئے۔۔

سات سال تک مجھے معلوم نہ تھا کہ میں کہاں ہوں۔۔۔۔ میرے اور میرے جیسے دوسرے قیدیوں کے لئے صرف دن اور رات کا فرق باقی تھا۔ ورنہ دنیا اور دنیا کے حالات، دنیا کی خبریں سب کچھ ہمارے لئے نامانوس تھیں۔۔۔۔ مجھے نہیں معلوم تھا کہ میں دنیا کے کس حصے میں مقید ہوں۔۔۔ مجھے نہیں معلوم تھا کہ دنیا باقی بھی ہے یا قیامت آچکی ہے۔ میرے لئے تو کم از کم قیامت آچکی تھی۔

عقوبت خانے کے روز و شب۔۔۔ اذیت گاہوں کے حالات اور قید و بند میں ظلم و ستم اور ان کی تفصیلات تم نے ضرور اخباروں میں پڑھا ہو گا۔

آزادی پا کر، واپس آنے کے بعد میں نے انٹرنیٹ پر پرانے اخبارات دیکھے ہیں۔ اور آہستہ آہستہ لاعلمی کے بادل چھٹ رہے ہیں۔ اور میں اپنے ان گمشدہ دنوں کو پھر سے ذہن میں اتار رہا ہوں۔ میرے خالی ذہن میں آہستہ آہستہ تصویر اور ان تصویروں میں رنگ بھرنے شروع ہو گئے ہیں۔۔۔۔

اب گوانتاناموں کا نام۔۔۔ میرے لئے عفریت کی طرح میرے اعصاب پر طاری ہے۔ گوانتاناموں کے خار دار تاروں کی باڑ کے پیچھے سے نکال کر مجھے پشاور پہنچا دیا گیا۔۔۔ پشاور میں پاکستانی فوجیوں نے مجھ سے از سرِ نو پوچھ کچھ کی۔۔۔ تمام واقعات ریکارڈ کیا۔۔۔ میرے بتائے ہوئے تمام پتے۔۔۔ اسکول کالج ہر چیز کی تحقیق کرنے کے بعد

مجھے رہا کر دیا گیا۔۔۔ میں اپنے شہر واپس آگیا۔۔۔

اپنے محلے میں جہاں ہم لوگ رہتے تھے وہاں اب سوات میں واقع مدرسے جیسے کئی مدارس کھل گئے ہیں۔ وہ محلہ ہی اجڑ گیا ہے جسے میں چھوڑ کر گیا تھا۔ جیسے کسی انقلاب کے بعد نئے لوگ آکر بس گئے ہوں۔۔ اماں اور ابا مجھے چھوڑ کر ملکِ عدم جا چکے ہیں۔۔۔ کئی ایک رشتہ داروں نے مجھ سے منہ موڑ لیا ہے۔۔ انکا خیال ہے کہ خفیہ ادارے میری اب بھی نگرانی کر رہے ہیں۔۔۔ اور میرے ذریعہ ان گروہوں کو پکڑنا چاہتے ہیں جنہوں نے مجھے جہاد پر بھیجا تھا اور مجھ جیسے نوجوانوں کو آج بھی جہاد پر بھیج رہے ہیں۔

۔۔۔ "ارے ہاں۔۔ " لڈن پھر چونک کر بولا۔ " تمہیں بھی مجھ سے نہ ملنا چاہئے۔۔۔ کیوں کہ اس طرح تم بھی کسی مصیبت میں پڑ سکتے ہو۔۔۔"

"آخ۔۔۔ فضول۔۔۔ ایسا کچھ نہ ہو گا۔۔"

"ہاں تمہاری بات اور ہے۔۔ میں مذاقاً لڈن کو چھیڑا۔۔ ایسا کسی زلف کے اسیر ہوئے کہ فرہاد کی طرح دودھ کی نہر نکالنے کھڑے ہو گئے۔۔"

"ہشت۔۔۔ "لڈن زچ ہو کر بولا

"زلف تو سوات پہنچتے ہی کٹ گئی تھی۔۔۔"

"زلف کٹ نہیں گئی بلکہ۔۔۔ سوات پہنچتے ہی اگ آئی تھی کہو۔۔۔ "میں نے ایک بار پھر لڈن پر طنز کیا۔۔۔

اور وہ مجھے مارنے کو دوڑا۔۔۔

***

معجزہ

عامر کے مطب کا برا حال تھا۔ اس کے مریض دن بدن کم ہوتے جارہے تھے۔ دراصل عامر کو اپنے ایک مریض کی بروقت مدد نہ کرسکنے اور اسے موت کے منھ سے نہ بچالینے کا قلق ایسا کھائے جارہا تھا کہ اس کا دل اپنی مطب سے اچاٹ ہوگیا تھا۔ وہ دل لگا کر مطب میں بیٹھتا ہی نہ تھا۔ شروع شروع میں مریض آتے اور اس کا انتظار کرتے رہتے رفتہ رفتہ انہوں نے تنگ آکر مطب آنا ہی چھوڑ دیا۔ یوں اچھا خاصا چلتا مطب ویران ہوتا چلا گیا۔

عامر یوں بھی ایک مختلف انسان بن چکا تھا۔ اس کی خوش مزاجی نہ جانے کہاں کھو گئی تھی۔ کسی کام میں اس کا دل نہ لگتا۔ بات کچھ ہورہی ہوتی اور وہ سوچ کچھ اور رہا ہوتا۔ ہمہ وقت وہ کسی خیالوں میں گم رہتا۔ کسی ایک نکتے پر ٹک کر سوچنا اس کے بس سے باہر ہوتا جارہا تھا۔

اس کی بیوی زینت اسے لے کر تفریحی ساحل پر چلی گئی کہ شاید آب و ہوا کی تبدیلی اور روزمرہ کے معمولات سے ہٹ کر تفریح کے ذریعے اس کی مستقل مزاجی واپس آسکے۔ مگر بے سود۔ تفریحی مقام پر بھی وہ کھویا کھویا سا رہا۔ زینت بہت پریشان تھی اس لئے کہ اس کا شوہر ہر صورت میں ناکارہ ہوچکا تھا۔ حتیٰ کہ بستر میں بھی۔ ایک دن جبکہ عامر نے مطب جانا بالکل چھوڑ دیا تھا اور ڈسپنسری جس میں چھوٹے موٹے آپریشن بھی کیا کرتا تھا۔ بند ہوچکی تھی، عامر بہت خوش خوش گھر آیا۔ عامر کے چہرے پر بشاشت

اور خوشی دیکھ کر زینت پھولے نہ سمائی۔ اس نے بہت چاہ سے پوچھا۔

"عامی! آج بہت خوش ہو کیا بات ہے ؟۔"

"آ۔۔۔ زینی۔۔۔ میرے ذہن میں ایک خیال آیا ہے۔ تم بھی سنو گی تو کھل اٹھو گی۔"

"ہاں۔۔۔ ہاں۔۔" زینت بولی۔ "سناؤ تمہیں کیا سوجھا ہے۔ تم تو ہمیشہ ہی نت نئے پلان بنانے کے ماہر رہے ہو۔"

"زینی۔۔۔ دیکھو۔۔" عامر نے آہستہ سے کہا۔ "میرا خیال ہے کہ اب مطب اور ڈسپنسری کا کچھ فائدہ نہیں، یہ چلے ولے گی نہیں۔ میں چاہتا ہوں کہ ان سب کو بیچ دوں۔" زینت جو عامر کے چہرے سے چھلکتی خوشی کو دیکھ کر بہت ہی پُر امید ہو گئی تھی کہ اب عامر پھر سے اپنی زندگی کے معمولات میں دلچسپی لے گا، عامر کی بات سن کر افسردہ ہو گئی۔ پھر بھی اس نے عامر کو بولنے سے نہ روکا۔ اور وہ بولتا رہا۔

" ہم اپنا گھر اور سب کچھ بیچ باچ کر واپس اپنے گاؤں چلے چلتے ہیں۔ وہاں میرے والدین کی قبریں ہیں۔ اس گاؤں سے میرے بچپن کی یادیں وابستہ ہیں۔"

"اچھا۔۔۔ تو اب ہم گاؤں میں جا کر رہیں گے !!۔ " زینت نے گہری سوچ میں ڈوبے لہجے میں جواب دیا۔

"کیا حرج ہے !۔" عامر نے فوراً کہا۔

"ٹھیک ہے !۔۔" زینت نے عامر کی تائید کی۔ " ہم لوگ پہلے گاؤں چلتے ہیں۔ چند دن وہاں گزار کر دیکھتے ہیں۔۔ حالات کا جائزہ لیتے ہیں۔ اگر ہمارا دل وہاں لگ گیا تو پھر ہم وہاں بھی رہ سکتے ہیں۔"

"تو۔۔ تم راضی ہو ؟۔" عامر نے یکدم گرمجوشی سے اپنی بیوی کو دبوچ لیا۔

"ارے ارے۔۔۔!!" زینت پیچھے ہٹی اور بولی۔ "ہاں کیوں نہیں اگر تم وہاں رہ کر خوش رہو گے تو پھر میں بھی اس میں خوش ہوں۔ ہم کبھی کبھار شہر آجایا کریں گے۔"

پھر ایک دن عامر اور زینت گاؤں کو چل پڑے۔ کچھ سفری سامان کے علاوہ خشک خوراک اور کپڑے رکھے گئے کہ اگر واقعی وہاں کئی دن رکنا پڑے تو بروقت کام آسکیں۔ سامان میں زینت، عامر کا وہ بیگ نہ بھولی تھی جو ہمیشہ بطور ایک ماہر سرجن کے عامر کے سفر پر ساتھ ساتھ ہوا کرتا تھا۔ زینت کو کچھ اندازہ نہ تھا کہ عامر کا کیا پلان ہے۔ گاؤں میں کہاں قیام کیا جائے گا وغیرہ وغیرہ۔ گاؤں پہنچ کر وہ گھومتے رہے لیکن ان کی حیرانی کی انتہا نہ رہی کہ گاؤں وہ پہلا سا گاؤں نہ رہا تھا۔ عامر کا گاؤں پڑوسی ملک کی سرحد پر واقع ہونے کی وجہ سے دونوں ملکوں کی ماضی کی جنگی جنون کی بھینٹ چڑھ چکا تھا۔

گاؤں میں داخل ہونے سے پہلے ان کو ایک چیک پوسٹ سے بھی گذرنا پڑا تھا۔ اور چیک پوسٹ پر انہیں بتایا گیا کہ رات کوؤں میں بلا ضرورت گھومنا مناسب نہیں۔ اگرچہ آج کل دونوں ملکوں میں پھر سے امن اور معاہدے کی باتیں ہو رہی تھیں مگر عامر کے گاؤں اور اس جیسے کئی گاؤں، جہاں کبھی لہلہاتے کھیت اور بل کھاتی ندی ہوا کرتی تھی بنجر اور سنسان ہو چکے تھے۔ اور امن کے معاہدے اور نعروں میں ان کا ذکر کہیں بھی موجود نہ تھا اور نہ ہی کسی نے سوچا تھا کہ ان گاؤں کی ہریالی لوٹانے کے لئے بھی کچھ کیا جانا چاہیے۔

عامر نے اپنا پرانا گھر دیکھا، وہ کھیل کا میدان دیکھا جہاں وہ کبھی ہر شام دوستوں کے ساتھ کھیلا کرتا تھا۔ اپنے پرانے اسکول کو دیکھ کر وہ افسردہ ہی ہو گیا۔ کیونکہ اسکول بند ہو چکا تھا۔ گاؤں کی آبادی نہ ہونے کے برابر تھی۔ گھومتے پھرتے شام ہونے کو چلی تو زینت کو واپسی کی پڑی۔ اسے کوئی بھی ایسی جگہ نظر نہیں آرہی تھی جہاں وہ رات کے

قیام کا سوچتی۔

"تو پھر ہمیں واپس جانا چاہیے۔۔ ورنہ رات کہاں گزاریں گے۔۔ اور یا پھر۔۔۔!!"

عامر نے زینت کی بات اچک لی۔

"تم یہی کہنا چاہتی ہو نا۔" عامر کا موڈ سارا وقت بہت اچھا تھا اور وہ ایک ایک شے کی تفصیل اپنی بیوی زینت کو بتا رہا تھا۔

"ہاں تو کیا میں غلط کہہ رہی ہوں۔" زینت نے برا سا منہ بنایا۔

"ارے نہیں۔ میں نے ایسا کب کہا ہے۔" عامر نے جواب دیا۔ "البتہ میں سوچ رہا ہوں کہ اس چاچا شیر و کے چائے خانے پر چل کر پوچھتے ہیں۔ شاید وہ رات گذاری کا بندوبست کر سکے۔ چائے تو اس کی مزے کی تھی نا۔" عامر نے اپنی بات مکمل کی۔

"ہاں چائے تو مزے کی تھی۔" زینت بولی۔ "پر شب بسری۔۔ پتہ نہیں۔۔۔ مناسب ہو نہ ہو۔۔۔" پھر وہ بولی۔ "چلو پھر فوراً اُدھر ہی چلتے ہیں اور یہ بات طے کر لیتے ہیں کہ گاؤں میں ٹھہرنا یا واپس چلنا ہے۔" عامر نے جیپ اسٹارٹ کی اور دونوں اسی چائے خانے کی طرف روانہ ہو گئے۔

"بیٹا!۔" چاچا شیر و نے گھمبیر لہجے میں کہنا شروع کیا۔ "دیکھو پیچھے ایک سرائے ہے۔ وہاں" اس نے انگلی اٹھا کر دکھایا۔ "تم لوگ وہاں رات بسر کر سکتے ہو۔ بلکہ چلو میں تم لوگوں کے ساتھ چلتا ہوں۔" کہہ کر شیر و چل پڑا۔ عامر اور زینت اس کے پیچھے ہو لی۔

سرائے کے مالک نے دونوں کو گھورتے ہوئے پوچھا۔ "یہ دونوں یہاں کیوں رات بسر کرنا چاہتے ہیں؟۔" تب شیر و نے سرائے کے مالک کو بتانے لگا۔

"ارے یہ اپنے گاؤں کے بچے ہیں۔ اس نوجوان نے اس گاؤں میں ہی پرورش پائی ہے اس کے دادا کو میں اچھی طرح جانتا ہوں۔ کبھی یہ ڈاکٹری پڑھنے شہر گیا تھا۔ اور پھر

کبھی نہ پلٹا۔ یا شاید گاؤں آیا ہو گا اور مجھ سے نہ مل سکا۔ خیر اب تم ان دونوں کے رات بسر کرنے کا بندوبست کرو۔"

سرائے کے مالک نے سرائے کا دروازہ کھولا اور اندر کے کمرے دکھانے لگا۔ اندر سے سرائے اچھی خاصی تھی۔ کمرے میں نہایت سلیقے سے صاف ستھرے بستر لگے ہوئے تھے۔ کمرے کے برابر میں باورچی خانہ بھی تھا۔ اور اس کے برابر میں غسلخانہ بھی۔

عامر نہایت حیرانی سے سوچ رہا تھا کہ اس کی توقع کے خلاف اسے نہایت اعلی قسم کی شب بسری کی جگہ مل گئی۔

سرائے کا مالک عامر کی حیرانی کو تاڑ گیا اور بولا۔

"حیران ہونے کی ضرورت نہیں تم کو تو معلوم ہو گا کہ یہ گاؤں کبھی کتنی اہمیت کا حامل تھا۔ یہاں کثیر آبادی تھی۔ کھیت لہلہاتے تھے۔ اور قریب ہی آثار قدیمہ کے کھنڈرات دیکھنے سیاحوں کی بڑی تعداد یہاں آتی تھی۔ یہ سرائے اسی مقصد کے لئے بنائی گئی تھی۔۔ پر جنگ اور ہمہ وقت کسی نئی جنگ کے خدشات نے نہ صرف گاؤں کو ویران کر دیا بلکہ سیاحوں کو بھی یہاں سے دور کر دیا۔ اب تم لوگ منہ ہاتھ دھو کر تیار ہو جاؤ۔ شیر و تم لوگوں کو مزے مزے کے کھانے لا کر دے گا کھا پی کر سو جانا کل صبح پھر سے گاؤں کی سیر کرنا۔"

کھانا کھا کر دونوں بستر پر دراز ہو گئے۔ دن بھر کے سیر سپاٹے نے دونوں کو کافی تھکا دیا تھا۔ سردی کافی تھی۔ باہر برف باری شروع ہو گئی تھی۔ شیر و نے چھوٹا سا برقی ہیٹر لا کر دیا تھا اور کچھ موٹی رضائی بھی موجود تھی ورنہ برقی ہیٹر سردی سے بچاؤ کے لئے کافی نہ تھا۔

کمرے میں ایک بھاری آتشدان بھی لگا ہوا تھا۔ مگر کوئلے نہ ہونے کی وجہ سے سرد

پڑا تھا۔

عامر اور زینت جلد ہی خواب غفلت کے مزے لینے لگے۔

اچانک آدھی رات کو زینت کی آنکھ کھل گئی اسے ایسا لگا جیسے کوئی دروازہ پیٹ رہا ہو۔۔۔اس کا ڈر کے مارے خون خشک ہونے لگا۔

"عامی اٹھو دیکھو کوئی دروازہ پیٹ رہا ہے۔"

"ارے تم نے کوئی برا سا خواب دیکھا ہو گا۔" عامر نے نیند میں ڈوبی آواز میں جواب دیا اور کروٹ بدل کر پھر سے سونے لگا۔۔۔ کہ اچانک پھر سے دروازہ پیٹنے کی آواز آئی۔ باہر سے شیرو کی آواز آئی۔

"عامر بیٹا دروازہ کھول تجھے ایک زخمی کی مدد کرنی ہے۔"

عامر کی نیند ایک دم ہرن ہو گئی۔ وہ اچھل کر اٹھ بیٹھا۔

"زخمی۔۔۔ یہ۔۔ یہ رات گئے۔" اس نے حیرانی سے کہا۔ "گاؤں میں کوئی زخمی کہاں سے آگیا۔"

ہڑبڑا کر دونوں ہی دروازے کے قریب آئے اور عامر نے چلا کر پوچھا۔

"شیرو چاچا کیا بات ہے۔؟" باہر سے شیرو نے جواب دیا۔

"بیٹا معاف کرنا میں تمہیں تکلیف نہ دیتا مگر چونکہ تُو ایک ڈاکٹر ہے اس لئے میں نے سوچا شاید تو اس غریب کی مدد کر سکے۔ رات گئے یہ آدمی پڑا کراہ رہا تھا۔ میں اسے اٹھا کر تیرے پاس لے آیا ہوں۔"

"اچھا۔۔ اچھا۔" عامر نے جیسے تیسے شب خوابی کا لباس تبدیل کیا۔ اور دروازہ کھول کر باہر نکل آیا۔

سرائے سے باہر شیرو اور چند ایک دیہاتی ایک پلنگ پر ایک آدمی کو لیے کھڑے

تھے۔

"آؤ آؤ۔۔۔اندر آجاؤ باہر کی سردی میں تو یہ مر ہی جائے گا۔" عامر نے کہا۔

شیر و سمیت سارے دیہاتی پلنگ اٹھا کر کمرے میں گھس آئے۔ سرائے کا مالک بھی موجود تھا۔ وہ بولا۔

"ہاں۔۔ہاں ڈاکٹر بابو! تم اس کی جان بچاؤ خدا تمہیں خوش رکھے گا۔ یہ بھی ہمارے گاؤں کا رہنے والا ہے۔"

"زینت! میرا طبی بیگ لاؤ۔" عامر جیسے ایک ہی لمحے میں سارے معاملات بھانپ کر فوری طور پر ایک ماہر سرجن کی طرح سرگرم عمل ہو گیا۔ زینت جھٹ بیگ اٹھا لائی۔

"گرم پانی۔۔۔" عامر نے پھر کہا۔ "اور دھلے کپڑوں کے ٹکڑے۔۔۔" شیرو جلدی گرم پانی لانے چلا گیا اور سرائے کے مالک نے اپنی بیوی کو کچھ صاف ستھرے کپڑے لانے کو بھیجا۔

عامر نے پانی اور کپڑے آنے کا انتظار کی بغیر ہی زخم کو اپنے بیگ میں پڑی چند پٹیوں اور روئی کی مدد سے زخم صاف کرنا شروع کر دیا۔ اور زخمی کے کپڑے کو قینچی سے کاٹ کر۔۔اس کے زخم کا آپریشن کرنے کی تیاری کرنے لگا۔ چند منٹوں میں کمرہ کسی آپریشن تھیٹر میں تبدیل ہو چکا تھا۔ پھر گرم پانی بھی آگیا اور صاف کپڑے بھی۔۔

"زینت! کچھ کرو۔۔یہاں بہت سردی ہے۔ اگر ایسی سردی میں یہ کھلا پڑا رہا تو شاید سردی ہی سے مر جائے۔" عامر نے اپنی بیوی کو پھر مخاطب کیا جو نہایت سلیقے سے آپریشن کے دوران اس کی مدد کرتی رہی تھی۔

زینت نے چاروں طرف کمرے میں دیکھا۔ دروازے کھڑکی بند تھے۔ چھوٹا سا ہیٹر اپنی حد تک حرارت پہنچا رہا تھا۔ مایوسی میں اسے قریب کھڑا آہنی آتشدان نظر آیا۔ وہ

لپک کر اس کے قریب گئی۔ مگر آتشدان۔۔۔۔ سرائے کا مالک کہہ چکا تھا کہ آتشدان ٹھنڈا پڑا ہے اور کوئلے کی عدم موجودگی اسے سلگانا ممکن نہ تھا۔

سرائے کے مالک نے زینت کو دیکھ کر، جو آتشدان کا پٹ کھول رہی تھی نفی میں سر ہلایا۔

"آتش دان کیسے جلاؤ گی بیٹی اتنی رات کو میں کہاں سے کوئلے لاؤں۔"

اتنی دیر میں زینت آتشدان کا پٹ کھول چکی تھی۔ پٹ کے کھلتے ہی کسی چیز کے گرنے کی آواز نے سبھوں کو چونکا دیا۔۔

" ارے ارے۔۔۔ یہ کیا؟۔ "شیرو چیخا۔ "اس میں تو کوئلے بھرے ہیں۔ "دراصل آواز بھی کوئلوں کے گرنے ہی کی تھی۔ سرائے کا مالک حیرانی سے آتش دان کی طرف لپکا۔ اور چیخا۔

"یا خدایا یہ کیا ماجرا ہے؟۔"

ایک آدمی نے جلدی سے آگے بڑھ کر زینت کو ماچس پکڑائی۔ اور وہ آتش دان سلگانے کی کوشش کرنے لگی۔ ایک عورت آگے آئی اور زینت کی مدد کرنے لگی۔

"بہت خوب۔۔۔ "آتشدان کے شعلے کو دیکھ کر عامر خوشی سے چیخا۔ "چلو سب ادھر سے اس کی پلنگ آتش دان کے بالکل قریب کر دو۔۔ اس کا زخم میں نے صاف کر دیا ہے۔ گولی نکال دی ہے اب اس کو صرف گرمی اور حرارت کی ضرورت ہے۔ آتش دان کو اچھی طرح جلاؤ تا کہ کمرہ جلد از جلد گرم ہو سکے۔"

پلنگ کو آتشدان کے قریب کر دیا گیا۔ عامر نے تھوڑی دیر بعد زخمی کی نبض دیکھی۔

"ہاں اب اس کو جلد ہی ہوش آ جائے گا۔ اس کے جسم کا درجہ حرارت آہستہ آہستہ

اپنی نارمل حالت پر آ رہا ہے۔"عامر بڑ بڑایا۔

سب لوگوں کو کمرے سے باہر نکال کر۔۔عامر قریب پڑی کرسی پر بیٹھ گیا۔ زینت اس کے ہتھے پر بیٹھ گئی۔ عامر کچھ دیر خاموش رہنے کے بعد بولا۔

"میں حیران ہوں کہ یہ سب کیا ہو رہا ہے۔"

"میں بھی۔۔۔"زینت بولی۔"پہلے آدھی رات کو یہ زخمی۔۔ اور پھر یہ آتش دان۔۔ میں پہلے بھی دیکھ چکی تھی۔ یہ خالی ہی تھا۔ نہ جانے اس میں یہ کوئلے کہاں سے آ گئے۔"وہ بولتی رہی۔

"عامر سچ پوچھو تو میں بہت خوش ہوں۔۔ تم نے جس مہارت اور خوش اسلوبی سے اس زخمی کی مدد کی وہ قابل ستائش ہے۔"زینت پیار سے عامر کے بالوں سے کھیلنے لگی۔

"ہاں زینی میں خود بھی حیران ہوں کہ میرے اندر کہاں سے ایسی ہمت آ گئی اور میں ایک بار پھر سے اُسی اسپرٹ سے اس شخص کی مدد کرنے کو کھڑا ہو گیا۔ تم تو جانتی ہو۔۔۔ کہ پچھلے دنوں سے میں۔۔"عامر کے جملے کو زینت نے کاٹ دیا اور بولی۔

"تم نے آج پھر سے ثابت کر دیا کہ تم اب بھی وہی سرجن ڈاکٹر عامر ہو۔"

"ہوں۔۔"عامر نے گہری سانس لی۔ وہ مستقل آتش دان کو گھور رہا تھا۔ اور سوچ رہا تھا کہ آج اس آتش دان نے نہ صرف ایک زخمی کی جان بچائی ہے بلکہ خود اس کو بھی نئی زندگی بخش دی ہے۔ اب وہ ایک ناکارہ ڈاکٹر نہ رہا تھا۔

زینی اس گاؤں کے اور یہاں کے باشندوں کے مجھ پر بڑے احسانات ہیں۔ میں نے یہیں سے اتنے اچھے نمبروں سے پاس کیا تھا کہ میرا داخلہ میڈیکل کالج میں ہو گیا تھا۔ میں نے تعلیم حاصل کرنے کے بعد کبھی بھی اس گاؤں کو قابل اعتناء نہ سمجھا۔ اور کبھی بھی یہاں واپس نہ آیا۔ آج یہ گاؤں سرحد کے نزدیک ہونے کے سبب ہی نہیں بلکہ اپنے ان

نوجوانوں کے طرز عمل کی وجہ سے بھی ویران ہو رہا ہے جنہوں نے پرورش تو یہاں پائی مگر پیسہ کمانے شہروں کو کوچ کر گئے۔ ہم نے اپنے مستقبل کی خاطر گاؤں کے مستقبل کو داؤ پر لگا دیا۔

کمرے میں مدھم روشنی جل رہی تھی۔۔۔ آتشدان کی حرارت میں باہر کی سردی اور برفباری کے باوجود کمرہ خوب گرم ہو چکا تھا۔۔۔

" آہ۔۔ " تھوڑی دیر بعد زخمی نے ہلکی سی کراہ لی۔۔ اور عامر نے دروازہ کھول کر باقی لوگوں بھی اندر بلالیا۔۔۔۔۔

***

انوکھا انتقام

ٹونی کو اپنے جرائم کے پچھلے پندرہ سالوں میں بھی کبھی ایسی پریشانی سے دوچار نہ ہونا پڑا تھا، مگر اب تو اس کی کھوپڑی ناچ کر رہ گئی تھی۔ ٹونی جسے اپنی ریڈی میڈ کھوپڑی پر بڑا ناز تھا۔ اس معاملے کی نوعیت ہی سمجھنے سے قاصر تھا۔ ابھی اسے اپنے جرائم کی دنیا سے باہر آئے فقط دو ہی دن ہوئے تھے۔ اس سے پہلے ٹونی ہر قسم کے جرائم کا ہیرو ہوا کرتا تھا۔ اس کا باس اور گروہ کے دوسرے لوگ اسے رشک بھری نظروں سے دیکھتے۔ واردات کی منصوبہ بندی اس کا فن تھا۔ اور اس کی موجودگی، واردات کی کامیابی کی ضمانت تھی۔ وہ ہمیشہ اپنے اصولوں کا پابند تھا اور اسی لئے اسے ناکامی سے کبھی دوچار نہ ہونا پڑا تھا۔ اپنے انہی اصولوں کی بناء پر دو دن قبل اس نے اپنے باس کے ساتھ کام کرنے سے انکار کر دیا تھا۔ دراصل ٹونی اپنی جس بیٹی کی اعلی تعلیم اور اچھی زندگی کے لئے ہر ناجائز کام کو جائز سمجھ کر کرتا رہا تھا، وہ صرف دو دنوں کے بعد تعلیم سے فارغ ہو کر واپس آرہی تھی۔ اس لئے ٹونی کسی طرح بھی مزید جرائم میں ملوث نہ رہ سکتا تھا۔ کیونکہ اس کی بیٹی کو، جو اسے جان سے پیاری تھی، اگر باپ کے جرائم کا علم ہو جاتا تو شاید وہ اس سے شدید نفرت کرنے لگتی۔ پھر یہ کہ ٹونی کا مشن بھی مکمل ہو چکا تھا۔ اب اسے جرم کرنے کی ضرورت نہ باقی تھی کیونکہ بیٹی کی اعلیٰ تعلیم جو کہ اس کا مقصد تھا پورا ہو چکا تھا۔

ایسا معلوم ہو رہا تھا کہ ٹونی کو اپنے جرائم کی دنیا میں واپسی کے لئے مجبور کیا جا رہا ہو۔

"لیکن یہ کون لوگ ہیں۔" گھڑی دیکھتے ہوئے ٹونی بڑبڑایا۔ "باس۔۔ نہیں وہ ایسا

نہیں کر سکتا۔" اس نے سوچا۔ وہ ٹہلتے ٹہلتے پبلک ٹیلیفون بوتھ کے قریب گیا اور کچھ لمحے گذار کر اس کے اندر داخل ہو گیا اور گھنٹی بجنے کا انتظار کرنے لگا۔

آج جب ایئر پورٹ پر وہ اپنی بیٹی ٹینا کو تلاش کر رہا تھا تو اسے محسوس ہوا جیسے کسی نے اس کی جیب صاف کر لی ہو۔ مگر جب اس نے کوٹ کی جیب میں ہاتھ ڈالا تو جیب میں ایک رقعہ موجود پایا۔۔ جس میں اسے اپنا جواب اسی فون بوتھ پر آنے والی کال میں دینے کی ہدایت درج تھی۔

گھنٹی بجی اور اس نے ریسور اٹھا کر کان سے لگا لیا۔

"نمبر فائیو اسپیکنگ۔" ایک غیر مانوس آواز ٹیلیفون کے چونگے سے ابھری۔ ٹونی کو یاد آیا کہ خط بھی اسی نمبر فائیو کی جانب سے موصول ہوا تھا۔

"یس ہیر از ٹونی۔"

"رائٹ۔۔" دوسری طرف سے آواز آئی۔ "کیا تم نے فیصلہ کر لیا ہے۔"

"کام کی نوعیت معلوم کی بغیر میں کیسے فیصلہ کر سکتا ہوں۔" ٹونی نے گھمبیر آواز میں جواب دیا۔

"کام یہ ہے کہ۔۔۔" نمبر فائیو ایک لمحے کو رک کر سراسیمہ لہجے میں بولا۔۔ "تمہیں ڈاکٹر ڈگلس کی بیٹی کو اغوا کرنا ہے۔"

"کک۔۔ کیا۔۔۔ ڈاکٹر ڈگلس۔۔۔؟" ٹونی ایسے اچھلا جیسے اسے بجلی کا جھٹکا لگا ہو۔

"نن۔۔ نن۔ نہیں نہیں میں یہ نہیں کر سکتا۔" اس نے پھنسی پھنسی آواز میں جواب دیا۔ ڈاکٹر ڈگلس ملک کا مشہور سرجن تھا۔ اور اس کی بیٹی کا اغوا آسان کام نہ تھا۔

"پوری بات سنو۔" ایک غراہٹ فون میں گونجی۔ "اگر اپنی بیٹی کی زندگی چاہتے ہو تو وہی کرو جو میں کہہ رہا ہوں، دوسری صورت میں کسی نالے سے تمہاری بیٹی کی لاش

دریافت ہو گی۔"

بیٹی کی موت کا سن کر ٹونی کے جسم پر چونٹیاں سی رینگنے لگیں۔ کچھ توقف کے بعد ٹونی نے کہنا شروع کیا۔

"تم ڈاکٹر ڈگلس سے جتنی رقم کا مطالبہ کرو گے۔۔ اس سے زیادہ تم مجھ سے لے لو اور میری بیٹی کو رہا کر دو۔"

"میں نے تم سے مشورہ نہیں طلب کیا ہے۔" نمبر فائیو فوراً بولا۔ "اور سنو تمہیں فیصلہ کرنے کا وقت صرف اتنی دیر کے لیے ملے گا جتنا وقفہ یہاں سے تمہیں فورٹ اسٹریٹ تک جانے میں لگتا ہے۔ فورٹ اسٹریٹ پہنچنے پر تمہیں ایک چابی ملے گی اس کمرے کی جہاں ڈاکٹر ڈگلس کی بیٹی کو اغوا کر کے پہنچانا ہے۔ اپارٹمنٹ کا پتہ نوٹ کرو۔ ون بائی ٹو کنگسٹن کیسل۔۔ اور ہاں۔" نمبر فائیو نے فون بند کرنے سے قبل کہا۔

" ایک بار پھر بتا دوں کہ کسی قسم کی غلطی تمہاری بیٹی کے لئے پیام اجل ہو گی، پولیس سے تمہارے تعلقات ویسے بھی اچھے نہیں ہیں کیوں؟۔۔ اوکے بائی۔۔۔"

ٹونی فورٹ اسٹریٹ کے کراسنگ پر کھڑا اسگنل کو گھور رہا تھا، جیسے ہی سبز بتی جلی ایک ہجوم کے ساتھ وہ بھی سڑک عبور کرنے لگا۔ ابھی وہ فٹ پاتھ کے قریب ہی پہنچا تھا۔ کہ ہجوم میں سے ایک شخص ٹونی سے ٹکرایا، اور تیزی سے آگے نکلتا چلا گیا۔ ٹونی اس کی شکل تک نہ دیکھ سکا۔ ویسے اس نے کسی چابی کے اپنے جیب میں گرائے جانے کی آواز سن لی۔ پھر بھی اس نے جیب میں ہاتھ ڈال کر اطمینان کر لیا۔

ٹونی نے جونہی ڈاکٹر ڈگلس کی بیٹی کو گاڑی میں ڈال کر پچھلا دروازہ بند کیا، وہ بڑی بڑی سرچ لائٹوں میں نہا گیا۔ ٹونی کے وہم وگمان میں بھی نہ تھا کہ پولیس کو پہلے سے خبر ہو گئی ہے اور وہ بڑی خاموشی سے اسے گھیر کر رنگے ہاتھوں پکڑ لے گی۔

"اپنے آپ کو ہمارے حوالے کر دو۔۔ تم چاروں طرف سے گھیرے جا چکے ہو۔" سارجنٹ نے چیخ کر کہا۔ اور ٹونی ہاتھ اٹھا کر گاڑی سے تھوڑا آگے آکر کھڑا ہو گیا۔ ایک سپاہی نے آگے بڑھ کر اس کے ہتھکڑیاں لگا دی۔

"مودی تم اخبار لے آئے۔۔"

"جی ہاں۔۔" مودی نے واکر کے جواب میں کہا۔

"اس میں ٹونی کے واردات کی خبر اور اس کی تصویر بھی چھپی ہے باس۔" مودی جوشیلے انداز میں بولتا رہا۔

"تو پھر ٹینا کے پاس چلو۔" واکر نے مودی کو حکم دیا۔ پھر وہ دونوں صحن سے ہوتے ہوئے ایک کمرے کے سامنے آئے۔ تالا کھول کر مودی نے دروازہ تھپتھپایا۔

"ٹینا تم سے باس ملنا چاہتے ہیں۔۔ دروازہ کھولو۔"

"اب تم لوگ کیا چاہتے ہو؟" ٹینا کی کپکپاتی آواز آئی۔ "میں تم لوگوں سے نہیں ملنا چاہتی، واپس چلے جاؤ۔"

"نہیں۔۔" واکر نے اونچی آواز میں کہنا شروع کیا۔ "دیکھو ٹینا! ہم تمہارے لئے خوشخبری لائے ہیں۔ یہ لو آج کا اخبار پڑھ لو۔" یہ کہہ کر واکر نے اشارہ کیا اور مودی نے دروازے کی دراڑ سے اخبار کمرے میں ڈال دیا۔ تھوڑی دیر بعد واکر پھر بولا۔

"ہاں اب دروازہ کھولو ہم تمہیں آزاد کر دیں گے، تاکہ تم اپنے باپ سے جیل جا کر مل سکو۔" کچھ توقف کے بعد اندر سے کنڈی کھلنے کی آواز آئی اور پھر ٹینا دروازہ کھو کر باہر آگئی۔ واکر نے آگے بڑھ کر ٹینا کے کمر میں ہاتھ ڈال کر اس کا استقبال کرنا چاہا مگر وہ مچھلی کی طرح تڑپ کر پیچھے ہٹی اور غراتے ہوئے بولی۔

"میں بد تمیزوں سے بری طرح پیش آتی ہوں۔" واکر نے بیہودہ انداز میں قہقہہ لگا

یا۔ اور بولا۔

" نو ڈارلنگ !۔۔۔ نو۔۔ تم تو میرے ملازم کی امانت ہو ابھی تمھیں اس تک میرا پیغام بھی پہنچانا ہے میں تمہارے ساتھ بد تمیزی کہاں کر رہا ہوں۔"

"شٹ اپ۔"ٹینا پھر دھاڑی۔ "تمھیں شرم آنی چاہیے۔۔"

" سوری ٹینا ڈارلنگ! میں یہ سب کچھ نہ کرتا، لیکن میں ایسا برتاؤ کرنے پر مجبور ہو گیا ہوں، ورنہ میرا خیال تو یہ تھا کہ جب تم فلوریڈا ائیر پورٹ پر اترو تو تمہارے باپ ٹونی کے ساتھ ہم سب تمھیں خوش آمدید کہنے کو موجود ہوں اور ہمارے گروہ کے ذہین ترین شخص کی ذہین ترین بیٹی ہمارے گروہ میں شامل ہو کر ہمارے گروہ کی کامیابی کی لازمی جز بن جائے، مگر افسوس ایسا نہ ہو سکا۔ تمہارا باپ اب بوڑھا ہو چکا ہے ورنہ وہ ایسی حماقت نہ کرتا۔ اسے خدشہ تھا کہ تم اسے جرائم میں ملوث دیکھنا پسند نہ کرو گی اور اس سے نفرت کرنے لگو گی۔ وہ اپنی بقیہ زندگی تمہارے ساتھ گزارنا چاہتا تھا۔ لیکن اسے ڈر تھا کہ اس سے بے انتہا محبت کرنے والی۔۔۔۔۔۔ اس کی پڑھی لکھی بیٹی اسے مجرم جان کر چھوڑ کر چلی جائے گی۔"واکر نے قہقہہ مار کہا۔

" جاؤ اس احمق کے پاس جاؤ اور اسے بتاؤ کہ ہم نے اسے سزا دینے کے لئے بہت دلچسپ ترکیب نکالی ہے تا کہ اسے پتہ ہو کہ واکر دوستوں کا دوست اور دشمنوں کے لئے موت و اذیت ہے۔ اسے بتا دو کہ تمھیں اس کے کردار کا پتہ چل گیا۔ اور ہاں نادان لڑکی سیدھے اپنے باپ کے پاس جانا ورنہ یاد رکھنا۔۔ تمہارا باپ صرف میرے مہیا کردہ ثبوت سے ہی نجات پا سکتا ہے۔"

ٹینا کو واکر نے اس تھانے کا پتہ بتا کر جہاں اس کے باپ ٹونی کو زیر حراست رکھا گیا تھا روانہ کر دیا۔ چونکہ وہ شہر میں نئی تھی اس لئے اسے بس کا نمبر اور راستہ بھی اچھی طرح

یاد کرا دیا تھا۔ ٹینا کی روانگی سے پہلے اس کا حلیہ بھی درست کروا دیا تھا۔ ٹینا بس پکڑ کر آرام سے تھانے پہنچ گئی۔ اس نے تھانیدار کو اپنے باپ کے بارے بتایا۔ تھانیدار نے اسے بٹھا کر میز پر پڑی گھنٹی بجائی اور ایک کانسٹیبل دروازے کے پیچھے سے نمودار ہوا۔

"یس سر!" اس نے کمرے میں داخل ہوتے ہوئے سلوٹ کیا۔

" دیکھو۔۔ "تھانیدار نے کہنا شروع کیا۔ "یہ ٹونی سے ملنا چاہتی ہیں۔ ٹونی کو ملاقاتی کمرے میں بلوا کر ان سے ملوا دو۔ "اور کانسٹیبل چلا گیا۔

ٹونی کو دیکھتے ہی ٹینا چیخ اٹھی۔

"ڈیڈی یہ تم نے کیا کیا؟۔ "ٹونی کو ٹینا کے ہاتھ میں دبا ہوا اخبار اور اس میں چھپی ہوئی تصویر صاف طور سے نظر آ رہی تھی۔ اور وہ سارا معاملہ سمجھ گیا۔

واپسی کا وقت ہوا تو ٹینا یہ کہتے ہوئے اٹھ گئی۔

"ڈیڈی تم نے مجھے غلط سمجھا۔ مجھے تمہارے پیشے سے ضرور نفرت ہے مگر تم سے نہیں۔ تم اگر تمام واقعات نہ بھی بتاتے تو بھی میں تم سے نفرت نہیں کر سکتی تھی"

****

طوفان بلا

ریڈیو چٹا گانگ کی کسی بڑے طوفان کی پیشن گوئی تھی اور درجہ تین کا طوفان مون سون ہواؤں کے کاندھوں پر سوار کسی دیو ہیکل بگولے کی مانند چٹا گانگ اور آس پاس کے ساحلی علاقوں کو لپیٹ میں لے کر بڑے پیمانے پر تباہی مچانے کے لئے سمندری لہروں کی گود میں مچل رہا تھا۔ درجہ تین۔۔ سمندری طوفان کے انتہائی غضبناک ہونے کی نشاندہی کر رہا تھا۔

چٹا گانگ سے کچھ دور کے فاصلے پر شولہ شہر نامی ایک چھوٹے سے گاؤں میں امجد صاحب اپنے بچوں کے ہمراہ تفریح کی غرض سے آئے ہوئے تھے۔ حکومت کی جانب سے اُنھیں ان کے عہدے کے مطابق ایک خوبصورت سا عارضی قیام کے لئے بنایا گیا ڈاک بنگلہ، جو در حقیقت ایک کچا چٹائیوں اور بانسوں سے بنا گھر تھا فراہم کیا گیا تھا۔

غیر متوقع طوفان کی وجہ سے امجد صاحب کا خاندان نہایت پریشان ہو گیا۔ ابھی اس خاندان کو آئے ہوئے ایک ہفتہ ہی ہوا تھا اور وہ لوگ مزید دو ہفتے یہاں قیام کے خواہاں تھے۔

طوفان کیا تھا آسمانی عذاب، ہر چیز کو جیسے پر لگ گئے تھے۔ تیز ہواؤں کے جھکڑ نے پہلے بگولے کی مانند آس پاس کے سارے علاقوں کو ہلا کر رکھ دیا۔ درخت اکھڑ گئے، بجلی کے کھمبے ہوا میں یوں معلق ایک سرے سے دوسرے سرے پر محو پرواز تھے جیسے کسی کمان سے نکلے ہوئے تیر ہوں۔

ہواؤں کا جب یہ شیطانی چکر مدھم پڑا تو بجلی کی کڑک اور بادلوں کی گرج نے بگل بجا کر موسلا دھار بارش کا یوں خیر مقدم کیا کہ ساری زمین جل تھل ہو گئی اور اس پر ہی بس نہ ہوا تو سمندری پانی نے بھی اپنی طغیانی کے وہ جوہر دکھائے کہ نہ پوچھئے۔ ساحل سے آگے دور تک جا کر زمین اور اُس پر مقیم ہر چیز کو ایسے سمیٹ کر سمندر میں بہا لے گیا جیسے کسی جنگ میں کوئی فوج دشمن کی صف میں گھس کر گھمسان کی جنگ کرے اور لوٹ مار مچا کر بہت سارا مال غنیمت ساتھ لے جائے۔

طوفانی رات خدا خدا کر کے گذر گئی۔ شولہ شہر میں خال وخال ہی کوئی گھر ثابت بچا زیادہ تر گھروں کی چھتیں اُڑ گئیں اور اُن کی دیواریں کسی گھروندے کی مانند بیٹھ گئیں۔ امجد صاحب جس تفریحی ڈاک بنگلہ میں ٹھہرے ہوئے تھے اس میں صرف ایک کمرہ ہی سلامت بچا۔ باقی تمام کمرے اس طرح منہدم ہو چکے تھے جیسے ان کا کبھی وجود ہی نہ رہا ہو۔ صبح سویرے امجد صاحب کے محکمے کا عملہ پہنچ گیا اور صرف دو گھنٹے کے اندر اندر انہیں اور ان کے خاندان کو بحفاظت چٹا گانگ پہنچا دیا گیا۔

امجد صاحب نے اپنی زندگی میں ایسے کئی طوفان بارہا دیکھے تھے۔ آفاقی مصیبتوں سے وہ کبھی بھی نہ گھبراتے تھے، جبکہ ان کی بیگم ان باتوں سے بہت زیادہ خوفزدہ ہو جاتی تھیں۔ اس کی وجہ یہ تھی کہ وہ دونوں دو مختلف علاقوں میں جہاں کے موسم یکسر مختلف تھے پروان چڑھے تھے۔ تقسیم کے بعد مشرقی پاکستان آنے پر یوں بھی ان کی بیگم خوش نہ تھی کیونکہ وہ اس قدر شدید طوفانی بارش والے موسم کی عادی نہ تھیں۔ جبکہ امجد صاحب نوجوانی ہی سے بنگال کی سرزمین اور اس کی بارشیں اور طوفان دیکھتے آئے تھے اور ایسے موسم سے ذرا نہ گھبراتے تھے۔ امجد صاحب آفاقی مصیبتوں سے کہیں زیادہ انسانوں کے اپنے پیدا کردہ سیاسی بحرانوں سے پریشان ہو جاتے تھے۔

سن ۱۹۶۸ء کے بعد اُن کا تبادلہ چٹاگانگ سے پاکسی ہو گیا۔ اُس وقت پاکستان کے دونوں حصوں مشرقی اور مغربی پاکستان میں سیاست کا بحران کسی سمندری طوفان میں پھنسے بحری جہاز کی طرح ہچکولے کھا رہا تھا۔ اس سیاسی بحران کی کوئی منزل نظر نہیں آ رہی تھی غم و غصے کی طغیانی میں سفینۂ پاکستان خود بھی پھنسا ہوا تھا اور پاکستان کا سیاسی بحران بھی۔ مشرقی پاکستان میں سیاسی نافرمانی۔۔۔ اس وقت تک متوقع انتخاب کی تیاری، سیاسی جلسے جلوس اور انتخابی پروگرام کی تشہیر تک ہی محدود تھی۔ لیکن لہجے میں تیزی تھی۔۔۔ کاٹ تھی۔ ایسے میں مشرقی پاکستان کی سیاست میں مغربی پاکستان کے خلاف بغاوت کی جھلک صاف دکھائی دے رہی تھی۔ چھوٹے چھوٹے قصبوں میں سیاسی لیڈران نہایت غیر ذمہ داری کا مظاہرہ کر رہے تھے اور بیباکی سے اپنے غم و غصے کا نشانہ باہر سے آئے ہوئے، تقسیم کے بعد یہاں منتقل ہونے والے افراد۔۔۔ بہاریوں کو بنا رہے تھے۔

حالانکہ وہ مہاجرین جو ہندوستان سے آئے تھے وہ تو ایک نئی امید لے کر آئے تھے ان میں بیشتر نے اپنی جانیں اثاثے دے کر بچائی تھیں اور یہاں آگئے تھے۔ جیسے اپنوں میں آگئے ہوں وہ تو خود کو مہاجر اور مقامی باشندوں کو انصار جانتے تھے۔ لیکن صرف چھوٹے سیاستداں ہی نہیں، بڑے سیاستدانوں کا لہجہ بھی بہت جارحانہ تھا۔ اور انتقام لینے کی باتوں میں ایسا ابہام تھا کہ کسی کو نہیں معلوم تھا کہ کون کس سے اور کیسے انتقام لے گا۔۔۔ اگر حکومت عوامی لیگ کو نہ ملی تو پھر۔۔۔ بہت برا ہو گا۔۔۔ بہت خون خرابہ ہو گا۔۔۔ ہر سیاسی تقریر کا بس ایک ہی موضوع تھا۔

پاکسی جو کہ ایک نہایت چھوٹا سا قصبہ تھا اس کے سرکاری اسکول کے ساتھ ملحقہ کھیل کے میدان میں ایک بڑا جلسہ ہو رہا تھا۔

امجد صاحب کا بنگلہ اس زیادہ فاصلے پر نہ تھا۔ ان کے بنگلے کے آس پاس دوسرے

سرکاری ملازمین بھی رہتے تھے۔ اُن میں بنگالی اور غیر بنگالی سب ہی رہتے تھے۔ امجد صاحب کی طرح اور دوسرے غیر بنگالی افراد گھر بیٹھے ہی لاؤڈ اسپیکر کی زوردار آواز میں سیاسی تقریریں سنتے رہتے تھے۔ عرصہ ہوا تھا انہوں نے سیاسی جلسوں میں حصہ لینا چھوڑ دیا تھا۔یوں بھی غیر بنگالی جب مشکوک قرار دے دیئے جانے لگے تو وہ خود بخود اس سیاسی دھارے سے کٹتے گئے۔

لاؤڈ اسپیکر کی آواز البتہ اتنی تیز تھی کہ گھر پر رہ کر بھی سوائے تقریر سننے کے اور کچھ نہیں کیا جاسکتا تھا۔ بچے سونا چاہتے مگر اس تیز آواز کی لہروں کے جال میں وہ بھلا کب سو سکتے تھے۔ امجد صاحب سارے بچوں کو لئے بیٹھے تھے۔ وہ بنگالی زبان پر خاصی عبور رکھتے تھے۔ اور لب ولہجہ میں وہ کچھ بھی سمجھ جاتے تھے جو سیاسی مقرر کہے بغیر سامعین کو سمجھانا چاہتا تھا۔ انتخابات کی گہما گہمی سے امجد صاحب بہت حد تک لاتعلق تو ہو گئے تھے مگر وہ پریشان تھے کہ حالات بے قابو نہ ہو جائیں۔ اسی پریشانی کے عالم میں انہوں حج پر جا نے کی درخواست دے ڈالی۔ حج پر جانے والے خوش قسمت افراد کی فہرست میں اُنکا نام بھی نکل آیا اور اُنہوں نے حج پر جانے کا فوراً فیصلہ بھی کر لیا۔

حالات کی نزاکت کو دیکھ کر اُنہوں نے بال بچوں کو اِس چھوٹے سے قصبے میں تنہا چھوڑنا مناسب نہ سمجھا اور اپنی بیگم کو کہا کہ وہ کچھ مدت کے لئے بچوں کے ہمراہ ڈھاکہ اپنے والدین کے پاس چلی جائیں۔ یوں امجد صاحب عازم حج ہو گئے اور کوئی انہیں یہ بھی نہ کہہ سکا کہ وہ اس اہم موقع پر قصبے میں موجود نہ تھے اور اس بہانے وہ اپنے خاندان کو بھی وہاں سے ہٹا لے گئے۔

پاکسی کی نسبت ڈھاکہ بہت پر سکون تھا۔ بلکہ ڈھاکہ میں رہنے والوں کو یہ بھی معلوم نہ تھا کہ باقی مشرقی پاکستان کے گاؤں اور قصبوں میں کیا ہو رہا تھا۔

مغربی پاکستان کے لوگوں کی طرح ان کا بھی یہی خیال تھا کہ بس چند شر پسند ہیں جو گڑبڑ پھیلا رہے ہیں اور حکومت جلد ہی اُن سے نمٹ لے گی جبکہ حالات اس کے بالکل برعکس تھے۔

انتخابات ہوئے مگر تبدیلی حکومت کا مرحلہ سیاست کی چومکھیوں اور فوجی حکمرانوں کی نااہلیت کی نظر ہو گیا۔ مشرقی پاکستان میں غم وغصہ کا بازار گرم ہو گیا۔ بنگالیوں کو یہ باور کرا دیا گیا کہ اب نجات کا وقت آن پہنچا ہے۔ فوجی، جنتا اور مغربی پاکستان کے خوبرو سیاستداں اور تیز رو قلمکار صحافیوں سے نجات حاصل کرنے کا وقت آ گیا ہے۔ چونکہ یہ لوگ چھوٹے قد والے بنگالیوں کو در اعتنا نہیں سمجھتے اس لئے ہمیں یہ ثابت کر دینا ہے کہ ہم بھی اُنہیں قابل بھروسہ نہیں سمجھتے۔ سیاستدانوں میں بہت سے بزرگ اور معتبر سیاستداں حالات کو غلط رنگ دینے اور عوام کو ورغلانے کی مخالفت کر رہے تھے لیکن ان کا اعتبار عوام پر سے اُٹھ چکا تھا۔ سیاست کے داؤ پیچ چل رہے تھے اور ایسے میں شر پسندوں کی بن آئی تھی۔

حج سے واپسی پر امجد صاحب اور دوسرے حجاج جس بحری جہاز سے چٹاگانگ لوٹ رہے تھے اسے ہندوستانی بحریہ کی تیز لانچوں نے گھیرے میں لے کر کھلنا کے ساحل کے قریب کے بڑھنے سے روک دیا۔ بحریہ کا عملہ جاننا چاہتا تھا کہ آیا اس جہاز پر واقعی حجاج کرام واپس جا رہے ہیں یا اُن کی آڑ میں مغربی پاکستان، مشرقی پاکستان پر فوج کشی کے لئے اسلحہ سپلائی کر رہا ہے۔ جہاز تو خیر چند گھنٹوں میں چھوٹ گیا اور امجد صاحب بخیر و خوبی چٹاگانگ اور پھر ڈھاکہ بھی پہنچ گئے لیکن بحری جہاز کے واقعے نے ان کی آنکھیں کھول دی تھیں۔ دوسری جانب ۳ مارچ سے ۲۳ مارچ تک کی عوامی تحریکِ نافرمانی کے دوران انا پرستی کی دیوی کو بہاریوں کے خون کی بھینٹ چڑھائی گئی تھی اس کا بدلہ بے قصور اور

معصوم بنگالیوں کے خون سے ہولی کھیل کر لیا جا رہا تھا۔ اور ان واقعات کے پیش نظر بیگم امجد اور بہت سے دوسرے غیر بنگالی افراد کی طرح اب ایک لمحے کو بھی مشرقی پاکستان میں ٹھہرنے کو تیار نہ تھیں۔ امجد صاحب کے ڈھاکے پہنچتے ہی وہ سب بچوں کو لے کر مغربی پاکستان چلی آئیں۔ ان کے اور امجد صاحب کے لاکھ اصرار کے باوجود ان کے والدین اور خاندان کے دیگر افراد کراچی نہ منتقل ہوئے اور نتیجہ یہ نکلا کہ اُنہیں بھاری مشکلات کا سامنا کرنا پڑا اور کئی برس بعد کراچی پہنچے۔

اچانک بیگم نے ٹی وی کی آواز اونچی کر دی اور میں نہ چاہتے ہوئے بھی خبریں سننے پر مجبور ہو گیا۔۔۔ خبروں میں کراچی کے ساحل پر شدید طوفان بتایا جا رہا تھا۔۔ اندرون سندھ اور پنجاب کے زیریں اور بالائی علاقوں میں دریاؤں کا پانی بھی کافی اونچا ہو رہا تھا۔ مالاکنڈ ڈویژن۔۔۔ یہ میں کیا سن رہا ہوں سارے نام گڈمڈ ہونے لگے۔۔۔ یہ باجوڑ۔۔ یا راج باڑی ہے۔۔۔ سوئی ہے۔۔۔ یا سیدپور۔۔ اور کیا۔۔۔ خبروں میں بتایا جا رہا تھا۔۔۔ الیکشن کمیشن نے انتخابات کی تیاری مکمل کر لی ہے۔۔۔ یا خدایا یہ سارا میرا وہم ہی ہو۔۔۔ یہ طوفان۔۔۔ یہ انتخابات۔۔۔ کیا پھر کوئی طوفان۔۔۔ طوفان بلا آنے والا ہے۔۔۔

"خدا نہ کرے۔۔" بیگم نے میری زیر لب بڑبڑاہٹ کو سن لیا اور ٹی کو بند کرتے ہوئے بولیں۔۔۔۔

٭٭٭

پیاس تحریر

خود کش دھماکے یا ایسے ہی کسی بڑے حادثے کی پلاننگ، اس کے لئے رضاکاروں کو جمع کرنا، ٹریننگ دینا۔ تمام مراحل کو مجتمع کرکے عملی جامعہ پہنانا تو ہمارے جیسے بزدل اور تربتر لوگوں کے بس میں ہے ہی نہیں۔ نہ ہی ہمیں ایسے ذرائع اور اتنی رقم میسر ہیں۔ میں اور مجھ جیسے چند نکمے اور ڈر پھونک البتہ ہمیشہ اس بات کے منتظر رہتے ہیں کہ کب کوئی بڑا حادثہ رونما ہو اور ہم گھات لگا کر ہاتھ کی صفائی دکھائیں۔

جانوروں کی دنیا میں کوئے اور چیل ایسا کرتے ہیں یا پھر گدھ جو کہ مردار خور ہوتا ہے۔ میں اور مجھ جیسے چند افراد ایسے موقع کی تاک میں رہتے ہیں۔

میری نظر، ایسے حادثات کے دوران ہمیشہ خوبصورت لڑکیوں اور عورتوں پر ہوتی ہے۔ خالد کا حصہ ہمیشہ طلائی زیورات، قیمتی گھڑیاں اور دیگر اشیاء کی صورت میں ہوا کرتا ہے۔ اس کی ایسے سنار اور قیمتی اشیاء کے خرید و فروخت کرنے والے دوکانداروں سے اچھی یاد اللہ، جن کے پاس وہ ان چیزوں کے عوض ہمیشہ اپنے پیسے کھرے کر لیتا ہے۔ نقدی تمام کی تمام پوری ایمانداری کے ساتھ یوسف کے حوالے کر دی جاتی ہے۔

ایسے ہی تین تین، چار چار افراد کے گرہو مل کر ایک بڑے گینگ کو صورت اختیار کرنے کے باوجود ایک گروہ اپنی ساری حکمت عملی خود ہی طے کرتا ہے اور اس پر عمل کرتا ہے۔ ہوتا صرف یہ ہے کہ ہم ایک دوسرے کے علاقے کی تقسیم میں تعاون کرتے ہیں اور اگر کسی کو کہیں سے سن گن مل جائے تو وہ اوروں کو مطلع کرتا ہے، تاکہ ہم مستعد

رہیں۔ عموماً ہمیں اطلاع بھی بہت دیر سی ملتی مگر پھر ہم فوراً سر گرم ہو جاتے ہیں۔

کبھی کبھی یوں بھی ہوتا ہے کہ شہر میں کئی ایک بڑے لیڈران، بہت بڑے سرکاری عہدیدار یا پھر کوئی بہت اہم شخصیت کی موجودگی کے دوران سپلائی کا آرڈر مجھے انجانی طور پر یہ احساس دلاتا ہے کہ آج شہر میں کوئی بڑا حادثہ ہو گا اور ایسے میں مجھے بھی ہاتھ مار کر۔۔۔۔۔ کمائی کا موقع مل جائے گا۔

میں اپنی وین کے پچھلے حصے میں۔۔ دو۔۔ تین اٹھائی ہوئی لڑکیوں اور عورتوں کو موبائل فون سے طے شدہ مقام پر اتارتا ہوں۔۔ اور بس میرا کام ختم ہو جاتا ہے۔

اس دن بھی ایسا ہو۔ میں نے اپنے دوستوں کو بتایا کہ شاید آج کوئی بڑا حادثہ ہونے والا ہے۔ شہر میں ایک بڑا جلسہ ہے۔ متعدد "بڑے"، جن کا اس جلسے سے دور دور کا بھی واسطہ نہیں، شہر میں موجود ہیں اور سب سے بڑی نشانی یہ ہے کہ میرے پاس سپلائی کا آرڈر بھی آیا ہے۔ ڈیمانڈ تھی کہ غیر فروفیشنل۔۔ صاف ستھری۔۔ اور اچھے گھرانوں کی لڑکیاں ہونی چاہیئں۔

اور پھر سچ مچ دھماکہ ہوا۔۔

بھگڈر مچتے ہی۔۔۔ راشد، کامل اور کئی دوسرے ساتھیوں نے اپنی اپنی گاڑیاں آڑی ترچھی کھڑی کر کے بڑی سڑکوں کو بند کر دیا۔ ٹریفک کا بہتا سیلاب تھم گیا۔

اب جو لوگ اپنی اپنی گاڑیوں اور موٹر سائیکلوں پر سوار یا پیدل چھوٹی سڑکوں اور پتلی گلیوں میں گھس کر بھاگ کی کوشش کرنے لگے تو ہم جیسے ٹھگ وہاں انکا استقبال کرنے کو موجود تھے۔

سڑکوں پر ادھر ادھر بہت سارے جذباتی افراد، خون خرابے اور مار دھاڑ کے عادی اپنی اپنی غنڈہ گردی اور لوٹ مار میں مشغول تھے۔

ان سب سے دور۔۔۔

خاموش اور پر سکون۔۔۔ میں اور میرے ساتھی اپنے اپنے کام میں جٹے ہوئے تھے۔

میرے ہتھے جو بھی عورتیں یا لڑکیاں لگیں ان سب کی نقدیاں اور زیورات میں فوراً ہی ان سے زبردستی یا لالچ دلا کر لے لیا اور خالد اور یوسف کے لئے جمع کرتا گیا۔

اپنی وین کے کئی پھیرے لگا کر میں دس بارہ لڑکیاں "محفوظ مقام" پر پہنچا چکا تھا۔ جہاں سے رات کے اندھیرے میں، ان کے شکاری انہیں شہر کے اندر، شہر کے سب سے قیمتی ہوٹلوں اور کلبوں میں لے جا کر اپنی اپنی پیاس بجھانے کا بندوبست کر رہے تھے۔

آخری پھیرے میں صرف ایک ہی لڑکی میرے ہتھے چڑھی۔۔۔ نہایت خوب رو اور بالکل نوجوان۔۔ ایسا لگ رہا تھا کہ وہ ابھی ابھی رخصت ہو کر حجلہ عروسی میں بیٹھنے جا رہی تھی۔۔۔

اور وہ شاید واقعی رخصت ہو کر اپنے ہونے والے شوہر کے ساتھ شادی ہال سے سسرال جا رہی تھی۔ زیوروں سے لدی پھندی مجھے تو ایسا ہی لگ رہا تھا۔

وین میں داخل تو وہ چپ چاپ ہو گئی۔ میں سمجھا۔۔ ڈر کر چپ سادھ گئی ہے۔۔۔

مگر وین میں بیٹھتے ہی اس نے جو با آواز رونا دھونا شروع کیا تو میں پریشان ہو گیا۔۔

ہزار دھمکی۔۔۔ ڈانٹ ڈپٹ کے بعد بھی جب وہ نہ خاموش ہوئی تو مجبوراً اسے لے کر میں اپنے ایک قریبی ایک فلیٹ پر پہنچ گیا۔

اوپر بھی وہ کسی طرح آ ہی گئی۔

کمرے کا دروازہ بند ہوتے ہی میری حیرانی کی انتہا نہ رہی کہ اس نے اپنے سارے زیور اتار اتار کر میرے سامنے رکھنا شروع کر دی۔۔۔

"یہ کیا کر رہی ہو؟" میں ڈانٹ کر پوچھا۔

"یہی چاہیے نا تمہیں؟" اس نے سوال کیا۔ اور بولی "یہ سارے زیور لے لو اور مجھے بچا لو"۔

"اور دیکھو"، وہ بولتی رہی۔ "اگر تمہارے پاس سادے زنانہ کپڑے ہیں تو مجھے دے دو اور یہ شادی کا جوڑا بھی تم رکھ لو۔ یہ بہت قیمتی ہے۔"

"تمہیں منہ مانگے دام ملیں گے، میرے لئے یہ ویسے بھی ایک بوجھ ہے"

"صبر۔۔ صبر۔۔" میں کچھ نہ سمجھتے ہوئے بولا۔

"باہر گاڑی میں تو تم اس طرح رو رہی تھی کہ میں سمجھا تم انتہائی بے وقوف لڑکی ہو اور چیخ چلا کر کے اپنی اور میری جان گنواؤ گی۔ مگر کمرے میں تو تم بالکل ہی بدل گئی ہو۔ آخر تم چاہتی کیا ہو؟"

"تم اس چکر میں مت پڑو۔۔" وہ تڑ سے بولی

"یہ طلائی زیورات اور دلہن کا سوٹ لے کر تم مجھے جانے دو بس۔"

"واہ تم خوب ہو۔۔۔ تمہارا خیال ہے میں نے تمہیں جانے دینے کیلئے ہی اپنی گاڑی میں سوار کیا تھا۔"

"ویسے بھی زیورات اور روپے پیسے تو خالد اور یوسف کے حصے میں آئیں گے"۔ میں نے آخری جملہ بڑبڑاتے ہوئے ادا کیا۔

"ہاں یہ تو مجھے معلوم ہے کہ عورتوں اور لڑکیوں کو اغواء کرنے والے عموماً جنسی مریض ہوتے ہیں۔ لیکن میں چونکہ یوں بھی کسی اور کی جنسی ہوس کا شکار ہونے جا رہی تھی، کہ تم نے مجھے اغواء کر لیا۔۔۔ اس لئے میرے لئے اس سے کوئی خاص فرق نہیں پڑے گا۔ اسکے لئے میں پہلے سے ہی تیار ہوں۔ البتہ تم مجھے اتنی مہلت دو کہ میں اس

سرخ کفن سے چھٹکارا حاصل کرلوں۔" وہ بولتی رہی۔۔۔یوں بھی میں تمہارے قبضے میں ہوں۔بھاگ کر میں جا نہیں سکتی۔۔ باہر تم سے زیادہ خوفناک بھیڑیئے دندناتے پھر رہے ہیں۔" وہ خاموش ہو گئی۔

اور میں سوچ رہا تھا کہ یا تو تیزی سے بدلتے حالات میں اس کا دماغ الٹ گیا ہے یا پھر وہ اتنی ذہین ہے کہ ہر حال میں سوچ سمجھ کر باتیں کرتی ہے۔اور شاید گاڑی میں بیٹھنے کے بعد شور مچانے میں بھی اس کی کوئی حکمت عملی ہی ہو گی۔

میں اپنے کام کا ماہر بھی تھا۔اور اپنے فلیٹ پر اغواء شدہ لڑکیاں بھی لاتا رہا تھا۔عموماً چند گھنٹے کھیل کر میں فوراً ہی انہیں دور چھوڑ بھی آتا تھا تاکہ میرے ٹھکانے پولیس کی نظروں میں نہ آسکیں۔لیکن اس لڑکی کے عجیب و غریب رویے نے مجھے چکرا کر رکھ دیا تھا۔

"تم جاؤ گی کہاں؟"

میں نے سوال کیا۔اور "اگر میں تمہیں چھوڑ بھی دوں تو۔" کا ٹکڑا لگایا۔

"ابھی فوراً تو واقعی میں کہیں نہیں جاسکتی۔مگر چند گھنٹوں میں شہر میں لگی آگ سے جب صرف دھوئیں اٹھ رہے ہوں گے تو میں یقیناً بچتی بچاتی شہر سے نکل جاؤں گی" اس نے اطمینان سے جواب دیا۔

"تو پھر ٹھیک ہے"۔میں نے کہنا شروع کیا۔

"یہ چند گھنٹے مجھے امر کر لینے دو اس بعد تم جہاں کہو گی میں تمہیں چھوڑ آؤں گا" میں سوچ رہا تھا کہ یہ سیدھی طرح مان جائے تو اچھا ہے۔جان سے مار ڈالنا یوں بھی میرے لئے ممکن نہیں تھا۔۔۔زبردستی البتہ۔۔۔

پھر اس کی طرف دیکھتے ہوئے میں نے اس کو مخاطب کیا۔

"دیکھو میں نے بہت لڑکیوں کے ساتھ زبردستی کی ہے۔۔۔ چند لمحے بتائے ہیں لیکن ہر دفعہ میری پیاس کم ہونے کے بجائے اور بڑھ گئی ہے۔۔۔ میں بہت پیاسا ہوں۔۔۔

تم میری پیاس بجھا سکتی ہو۔۔۔ صرف تم۔۔۔

تم میری پیاس بجھا دو۔۔۔ بغیر زبردستی کی۔۔ "میری آواز جذبات، ہوس اور لالچ کا مرکب بن کر خود میرا اپنے لئے بھی اجنبی ہو گئی تھی۔

" دیکھو! اس نے تھوک نگلتے ہوئے کہا۔

"ہم سب پیاسے ہیں۔۔۔ لیکن ہم نہیں جانتے کہ ہماری پیاس کیسے بجھے گی۔ تم جام پی کر پیاسے ہو۔۔۔ میں بغیر پیئے۔۔۔

اس شہر میں ہم سب پیاسے ہیں۔۔ اور جب بھوکے بھیڑیئے اس شہر میں اپنی بھوک مٹانے کیلئے کوئی واردات کرتے ہیں تو تم جیسے اپنی اپنی پیاس بجھانے کے چکر میں پڑ جاتے ہیں۔

میں تمہاری پیاس نہیں بجھا سکتی۔۔۔ ایک پیاسا کیونکر دوسرے پیاسے کی پیاس بجھا سکتا ہے۔"

پھر وہ اٹھی اور سامنے کھلے ہوئے دروازے سے باتھ روم میں گھس گئی۔ وہ منھ دھوتی رہی اور میں کمرے میں بیٹھا پانی گرنے کی آواز سنتا رہا۔

مگر جب وہ دوبارہ کمرے میں آئی۔۔ تو۔۔۔ وہ مجھے کچھ اور ہی دیکھائی دے رہی تھی۔ اس نے اپنے کپڑے بدل لئے تھے۔ اور کچھ نہ پا کر باتھ میں پڑی میری جینز اور شرٹ چڑھالی تھی۔ میک اپ سے پاک چہرے نے اس کا حسن دوبالا کر دیا تھا۔

میں اسے متجسس نظروں سے دیکھ رہا تھا۔ اس کے ہر اگلے قدم کے بارے میں مجھے

نہیں معلوم تھا کہ وہ کیا کرنے جا رہی۔ مجھے ڈر لگ رہا تھا کہ اس کی یہ خود اعتمادی میرے لئے خطرہ نہ بن جائے۔

میں ایک بار پھر اس کے قریب آ گیا۔ اور اس کے گال سہلانے لگا۔ اس نے بڑی ادا سے مجھے پرے کرتے ہوئے کہا۔

"دیکھو زبردستی سے تمہیں ہمیشہ ہی پریشانی ہوتی رہی ہے۔ تم چاہتے بھی ہو کہ زبردستی نہ کرو۔۔

اور میں جان چکی ہوں کہ تم اپنی قیمت وصول کئے بغیر بعض نہیں آ ؤ گے۔ چلو پہلے ایک ایک کپ چائے تو پی لی جائے۔"

چائے کا کہہ کر اس نے مجھے ایک بار پھر حیرت میں ڈال دیا۔ ایسے میں اسے چائے کی سوجھ رہی ہے۔ اور پھر وہ واقعی کمرے کے ایک کونے میں لگے چھوٹے سے اسٹو پر چائے کا پانی رکھ رہی تھی۔ یہ کونا ایک چھوٹا موٹا کچن ہی تھا۔

ہم نے چائے پی۔۔۔ اور پھر میرے صبر کا پیمانہ لبریز ہونے لگا۔۔

اس کی بھی ساری ترکیبیں کام آ چکی تھیں۔۔ شاید اسی لئے وہ بھی خاموشی سے رضا مند ہو گئی۔۔۔

دوسرے دن جب میری آنکھ کھلی تو۔۔ دن کے بارہ بج رہے تھے۔۔ میرے سر میں شدید درد ہو رہا تھا۔۔۔ رات کے تمام واقعات مجھے اچھی طرح یاد تھے۔۔۔

مگر وہ کب اور کیسے چمپت ہوئی اس کا سراغ مجھے نہیں مل رہا تھا۔۔۔

میں۔۔ اٹھ کر پانی کا گلاس تلاش کرنے لگا۔۔۔۔

***

نزاع

روزِ محشر، عذابِ برزخ، قبر میں سوالاتِ منکر نکیر وغیرہ جیسے تمام حالتوں کا تو اس نے سن رکھا تھا جس میں عالمِ نزاع سے گذر کر روح قفسِ عنصری تک پرواز کرنے کے بعد مختلف مدارج طے کرتی ہے۔ لیکن وہ جس حالت میں تھی اسے تو ان میں سے کسی میں بھی شمار نہ کیا جا سکتا تھا۔

نہ ہی شمشان گھاٹ کا الاؤ، روح کا چکر یا پھر روح کا بھوت کی شکل میں بھٹکنا جیسے کسی عمل میں وہ خود کو پا رہی تھی۔

ماں اس کی عیسائی اور باپ ہندو تھا اور وہ خود مسلمان ہو گئی تھی کیونکہ اس کی پہلی محبت اسے ایک مسلمان کے قریب لے آئی تھی۔

اسپتال کے "کمرۂ انتہائی نگہداشت" میں زیرِ علاج اس کا تمام رابطہ ٹوٹ چکا تھا۔ نہ صرف تینوں مذاہب سے بلکہ دوست احباب سبھی ساتھ چھوڑ گئے تھے۔ کبھی کبھار کوئی ملنے آ گیا تو ٹھیک ورنہ دن اور رات ایک جیسے گذر رہے تھے۔ اسپتال کا چھوٹا سا کمرہ، مشینوں سے گھری۔۔۔ وہ۔۔ مشینیں۔۔۔ جن کے تار۔۔۔۔ اس کے جسم اور مشینوں کے درمیان جڑے ہوئے تھے۔ ہر ایک مشین ایک اعضاء کو سہارا دے رہی تھی۔

ایک مشین اس کی سانسیں درست رکھنے کی ذمہ دار تھی۔ دوسری سرخ مشین جس سے نکلتے تار اس کے جسم سے جڑے تھے اس کے دورانِ خون کو متوازن رکھنے کا کام کر رہی تھی۔ کئی سوئیاں اس کے جسم میں پیوست تھیں، جن کے سرے پر لگیں نلکیاں ایک

مشین سے جڑی تھیں، یہ مشین اس کے گردے کا بدل تھی، چونکہ اس کے گردے ناکارہ ہو چکے تھے۔ الغرض اس کے جسم کا کوئی عضو بھی درست کام نہ کر رہا تھا۔ اور ہر ایک عضو کے لئے ایک مشین لگا دی گئی تھی۔

اس کمرے میں رکھی ساری مشینیں اور ان سے نکلتے تار، ان کے جلتے بجھتے باریک باریک بلب، اسکرین پر دوڑتی لکیریں، ٹپ ٹپ گرتے اور جسم کیا تھاہ گہرائی میں غائب ہو جانے والے قطرے۔۔۔

بظاہر اسے زندہ۔۔۔ لیکن در حقیقت زندہ در گور کئے ہوئے تھے۔

اس کی آنکھیں کھلیں ہوتیں، مگر بے نور۔۔۔ وہ صرف ٹک ٹک دیکھ سکتی اور سن سکتی تھی۔ مگر احساسات۔۔۔ عجیب پھیکے پھیکے سے تھے۔ گہرے کنویں میں اتری ہوئی آواز جس طرح اپنی تراواہٹ کھو چکی ہوتی ہو۔

اسے لگتا کہ اس کا جسم ایک گہرا کنواں ہے۔ جس میں سارے جذبات، محسوسات اتر جاتے ہوں اور اسے صرف ہلکی سی ارتعاش ہی محسوس ہوتی ہو۔ اپنی اس کیفیت کو وہ کوئی نام دینے سے قاصر تھی۔

اسے ان تمام تاروں۔۔۔ نلکیوں اور مشینوں سے سخت نفرت تھی۔ اسے محسوس ہوتا تھا کہ یہ کسی پہرے دار کی طرح اس کی روح کی پہرہ داری کر رہے ہیں کہ کہیں اس کی روح جسم کی قید سے نکل کر آزاد نہ ہو جائے۔

اس کا دل چاہتا کہ ان سارے تاروں کو کھینچ کر جسم سے الگ کر دے مگر اس کے ہاتھ اس کا ساتھ نہ دیتے۔

ایک دن اس کے پیر پر ایک مکھی جانے کہاں سے آ کر رینگنے لگی۔۔۔ پہلے تو وہ بہت خوش ہوئی۔۔۔ مکھی کے رینگنے کو محسوس کر کے۔۔۔

مگر جلد ہی اس کی خوشی کافور ہو گئی۔۔ وہ پیر یا ہاتھ ہلا کر مکھی کو اڑانے کی طاقت نہیں رکھتی تھی۔ اس کے دل میں ایک خواہش اٹھی۔۔۔

کاش وہ اٹھ کر یا صرف سر اٹھا کر ہی دیکھ سکتی کہ کس طرح مکھی اس کے پیر پر گھوم رہی ہے۔ لیکن اس کی یہ خواہش بھی دل کی گہرائی میں ہی دم توڑ گئی۔۔۔

دل بھی خود سے چلنے سے معذور تھا۔ ایک مشین خون کے دورانیہ کو بحال کی ہوئے تھی۔ شاید اسی لیے دل میں اٹھنے والی خواہشیں بھی بس دور سے آتی صدا کی مانند تھیں۔

اس کی سوچیں بھی اس کی سانسوں کی طرح الجھی الجھی تھیں۔

اس کی طبیعت سنبھلتی اور بگڑتی رہتی تھی۔ کبھی تو اسے پتہ ہوتا کہ یہ اسپتال ہے۔۔ اس کا کمرہ ہے جہاں وہ تقریباً ایک سال سے زیرِ علاج تھی۔۔۔۔ پھر اس کی طبیعت ایسی بگڑتی کہ اسے کسی بات کا بھی احساس نہ رہتا۔

کبھی اسے لگتا جیسے وہ ایک طویل خواب دیکھ رہی، بھیانک نہیں مگر کوئی خوشگوار بھی نہیں۔ عجیب کجروی سی پھیلی ہوئی تھی۔ وہ نیند سے اٹھنا چاہتی مگر خواب کی کیفیت میں خود کو بے بس پاتی۔ جاگنے کی ہر کوشش ناکام ہو جاتی اور وہ چاہتی کے خواب کا سلسلہ ٹوٹ جائے۔۔۔ مگر ایسا نہ ہوتا۔

اس کا شوہر بیچارہ رات دن اس کی تیمار داری، گھر اور بچوں کی دیکھ بھال میں ہی لگا رہا تھا۔ شوہر سے بیوی کی حالت دیکھی نہ جاتی تھی۔

ایک دن وہ ڈاکٹر سے الجھ پڑا "کیوں میری بیوی کو اس اذیت میں مبتلا رکھتے ہو۔ آزاد کیوں نہیں کر دیتے اسے۔

ایک بلبل کی طرح قفس میں بند کر رکھا ہے، تم لوگوں نے "۔ وہ بولتا رہا۔

ڈاکٹر نے نہایت دھیمے لہجے میں جواب دیا۔

"اگر میں آپ کی بات درست سمجھ پایا ہوں تو آپ چاہتے ہیں کہ ہم آپ کی بیوی کو مشین کے ذریعہ زندہ نہ رکھیں۔"

"ہاں اور نہیں تو کیا۔۔ وہ جھلاّ کر بولا۔ اگر آپ لوگ اسے صحت نہیں دے سکتے ہیں تو پھر اس کو اس اذیت سے آزاد کر دیں۔

الگ کر دیں یہ ساری مشینیں اور ان کے تار اس کے جسم سے۔۔ اگر اس کی زندگی ہوئی تو وہ جاگ اٹھے گی۔۔۔ ورنہ نہیں۔۔ اس کی آواز بھرا گئی۔

" مسٹر راج، ڈاکٹر بدستور دھیمے لہجے میں بولا۔ دیکھیں یہاں قانونی پیچید گیاں ہیں۔۔۔

۔۔۔جب تک مریض از خود یہ لکھ کر نہ دے کہ وہ مشینوں کے سہارے زندہ نہیں رہنا چاہتا ہے تب تک ہم ڈاکٹر اس کے جسم سے مشین علیحدہ نہیں کر سکتے۔

آپ جانتے ہیں کہ آپ کی بیوی ٹھیک ٹھاک، چلتی پھرتی ہسپتال میں داخل ہوئی تھی۔ پہلے آپریشن کے بعد تیزی سے صحتیاب ہو رہی تھی۔

پھر ایک پیچید گی کے بعد اسے ایک مشین کا سہارا لینا پڑا۔۔ پھر دوسری۔۔ اور یہ سلسلہ چلتے چلتے نوبت یہاں تک پہنچ گئی۔۔

کہ اب وہ نہ ان مشینوں سے نہ چھٹکارا پا سکتی نہ ہی ہم اسے آزاد کر سکتے ہیں۔۔۔ ایسا کرنا قانوناً جرم ہے"۔۔۔۔

راج سوچ رہا تھا کہ یہ مشینوں کا انسانوں سے انتقام ہی تو ہے۔ کہ وہ انسانوں کو موت و زیست کے درمیان لا کھڑا کر دیتی ہے۔

***

شکایت

آپا! اپنی ازدواجی زندگی سے کبھی خوش نہ رہیں تھیں۔ انہیں بھائی صاحب سے ہمیشہ ہی شکایت رہی۔ اور بقول آپا کے، کہ بھائی صاحب نے تو انہیں سہاگ رات ہی یہ کہہ کر دہلا دیا تھا کہ وہ پہلے سے شادی شدہ ہیں۔

تھوڑی دیر بعد عقدہ کھلا کہ وہ تو محض مذاق کر رہے تھے۔ بھائی صاحب کی پہلی شادی انکے کہنے کے مطابق ان کی سرکاری نوکری سے ہو چکی تھی۔

بھائی صاحب کہتے۔

"اتنی اونچی پوسٹ پر اپنی ساکھ قائم رکھنا۔۔ سرکار سے اتنی موٹی تنخواہ وصول کرنا۔۔ سب کچھ بہت مشکل کام ہے۔ اور سی لئے انہیں بہت محتاط طریقے سے اور بہت محنت سے نوکری کرنی پڑتی ہے۔"

شاید بھائی صاحب ایک ایماندار سرکاری افسر تھے تھے اسی لیے۔

آپا کو بھائی صاحب کے آئے دن کے دوروں اور دفتر میں ہونے والی میٹنگوں سے بھی خاصی چڑ تھی۔

حالانکہ بھائی صاحب اپنے وعدے کے مطابق، نوکری کے بعد سارا وقت آپا کو دیتے۔ اور آپا ہی ان کی اس سوکن یعنی نوکری سے ہونے والی ساری آمدنی کی بلا شرکتِ غیر مالک بن بیٹھی تھیں۔

لین دین خرچہ سب کچھ ان کے اختیار میں تھا۔ نوکر چاکر کی بھرمار تھی۔ جن کو رکھنا

یا نکالنا صرف آپا کی مرضی سے طے ہوتا تھا۔

بھائی صاحب دفتر میں حالی معالی میں گھرے رہتے۔ سکریٹری اور کلرکوں سے جواب طلب کرتے۔ مگر گھر آتے ہی بھیگی بلی بن جاتے۔

آپا ان سے دن بھر کی تفصیل لیتیں۔ میٹنگوں کا احوال پوچھتیں۔۔۔ کوئی نئی خوبصورت سکریٹری تو دفتر نہیں آرہی۔۔ کھوج لگاتیں۔

آپا کی شکایت جب بہت بڑھ گئی اور شکایت بد دماغی میں بدل گئی۔ تو بھائی صاحب بھی عمر کے اس حصے میں آچکے تھے کہ وہ قبل از وقت ریٹائرمنٹ لے لیتے۔

حالانکہ وہ ابھی کئی اور سال کام کر سکتے تھے مگر انہوں نے سوچا چلو گھر پر رہیں گے، سیر سپاٹے کریں گے، یوں ان کی چہیتی بیگم کا موڈ بھی اچھا رہے گا۔ ایماندار سرکاری افسر تھے اسی لئے قبل از وقت ریٹائرمنٹ کی درخواست بھی فوراً منظور ہو گئی۔

لیکن۔۔۔ آپا جلد ہی اکتا گئیں۔۔

بھائیوں سے کہنا شروع کر دیا۔۔ "تمہارے بھائی صاحب تو دفتر میں بھلے تھے۔ دن بھر گھر میں پڑے رہتے ہیں۔ کاہل ہو گئے ہیں۔ انہیں کوئی کام دلوادو۔۔" بھائیوں کا ناک میں دم کر دیا۔ تب بھائی صاحب نے ڈھونڈ ڈھانڈ کر خود ہی ایک پرائیوٹ نوکری پکڑ لی۔

ظاہر ہے نوکری ان کے شایان نہ تھی۔

پھر عمر کا بھی کچھ تقاضا تھا۔۔

دل کا دورہ پڑا۔۔ جھیل گئے۔۔۔ شوگر بڑھ گئی۔۔۔

پھر ایک دن بھائی صاحب ان سارے جھمیلے سے آزاد ہو کر منوں مٹی کے نیچے جا سوئے۔۔۔۔۔۔

آپا پر بجلی ٹوٹ پڑی۔۔۔

پر اب بھی وہ بھائی صاحب کو ہی موردِ الزام ٹھہرا رہی تھیں۔۔۔

"خود تو آرام سے چلے گئے۔۔۔ مجھ اکیلی کو دنیا کے دکھ جھیلنے چھوڑ گئے۔۔۔

***

لذت

ہی ہی۔۔۔ مسافر کے باہر نکلتے ہی ٹام نے ایک گندی سی گالی کے ساتھ ہنسنا شروع کر دیا۔ ڈیوڈ بھی اس کا ساتھ دے رہا تھا۔۔ ہا۔۔ ہا۔۔ "پر۔۔۔ مزا نہیں آیا"۔۔ وہ قہقہہ لگاتے رک کر بولا۔۔۔ "اس سالے موسلے نے نہ شکایت کی نہ احتجاِج۔۔۔ بس چپ چاپ تلاشی دیکر نکل گیا۔۔۔"

"یہ تو ہے۔۔" ٹام نے اس ہاں میں ملائی۔ اور ڈیوڈ اپنے گلے میں پڑے ستارے کی شکل کے لاکٹ کو چومتے ہوئے بولا "ایک ترکیب ہے کسی موسلے کو چڑانے کی"۔

"وہ۔۔ کیا؟" ٹام نے بیتابی سے سوال کیا۔ وہ اپنی انگلیوں سے برابر گلے میں پڑی چین میں لٹکی صلیب سے کھیل رہا تھا۔

"کتے سے سنگھوا کر تلاشی لو" ڈیوڈ۔۔۔ نے ایک شیطانی تبسم لبوں پر بکھیرتے ہوئے کہا۔۔۔

"ارے اس میں تو لذت ہے نہ کہ پریشانی۔۔۔ ہماری۔۔" ٹام کا جملہ ادھورا ہی تھا کہ ڈیوڈ پھر بول پڑا۔ "ہے اس میں پریشانی۔۔۔ یہ موسلے کتوں سے بہت بدکتے ہیں کیوں کہ ان کے مذہب۔۔۔۔۔۔" وہ کہتا رہا۔۔۔

"ارے تو اس میں کیا قباحت ہے"۔ ڈیوڈ کی مکمل بات سن کر ٹام نے کہا۔

"بھئی اپنے افسر کے سامنے منشیات کے جسم میں چھپائے جانے کا جواز پیش کر دیں گے۔ تھوڑا تنگ کرنے کا مزہ بھی آئے گا اور۔۔۔ پرموشن کے امکانات بھی بڑھ جائیں گے۔۔۔"

***

پھیکی دھوپ

خاتون جج نے سوالات کا سلسلہ شروع کیا۔ آپ کا نام۔۔
"بلونت کور۔" اس نے مختصر اًجواب دیا۔
والد کا نام جج نے پھر سوال کیا۔ اس نے تھوڑی دیر سوچ کر کہا۔۔ "سورن سنگھ۔"
جج اس کے سوچنے کے وقفے پر متعجب ضرور ہوئی مگر اس نے کہا کچھ نہیں۔
"شادی شدہ؟"۔ جج کا اگلا سوال تھا۔
"ہاں کہہ سکتے ہیں۔"
"کیا مطلب؟" جج نے پھر پوچھا۔ "شادی شدہ۔۔ ہاں یا نہیں میں جواب دیں۔"

"ہاں۔" اس نے مختصر اًجواب دیا۔
اچھا جج نے اس سے اگلا سوال کیا۔
"رہائشی پتہ؟"۔ اور بلونت نے پتہ بتا دیا۔ لیکن جج نے پھر کہا۔
"یہاں تو کچھ اور پتہ لکھا ہوا ہے۔"
"یہ کیسے ہو سکتا ہے۔" بلونت نے جواب دیا۔
"جج صاحبہ ہو سکتا ہے۔ سب کچھ ہو سکتا ہے۔ یہ پتہ صرف کاغذی کارروائی کے لئے دیا گیا ہے۔ دراصل میں اپنے پتا کے ساتھ کسی اور جگہ مقیم ہوں۔ میں آپ کو یہ پتہ بھی بتائے دیتی ہوں۔"

جج نے پتہ نوٹ کیا۔

"آپ کی مسٹر شمڈٹ کے ساتھ شادی ہوئی ہے۔" جج نے پھر جرح کیا۔

"ہاں۔" بلونت بولی، "مگر یہ شادی صرف کاغذی ہے۔ مجھے جرمنی میں مستقل قیام کے لئے ویزہ دلوانے کے لئے۔" اس نے بات ادھوری چھوڑ دی اس کا لہجہ سپاٹ تھا۔

"اور یہ بات آپ خود تسلیم کرتے ہوئے عدالتی پروٹوکول میں لکھوانا چاہتی ہیں۔ آپ کو معلوم ہو گا کہ اس کے نتائج آپ کو ہی بھگتنے ہوں گے۔" جج نے بلونت کو تنبیہ کی۔

"جی۔۔" بلونت نے جواب دیا۔ "مجھے معلوم ہے ایسا کرنا قانوناً جرم ہے۔ لیکن اس کے سرزد ہونے میں میرا کوئی ہاتھ نہیں۔ یہ میری مرضی کے خلاف ہوا ہے۔"

"اچھا ہم اس پر تفصیل سے بعد میں بحث کریں گے۔" جج نے پھر کہا۔ اور وہ دوسری جانب بیٹھے مرد سے سوال کرنے لگی۔

"مسٹر شمڈٹ آپ کو معلوم ہے کہ عدالت کے سامنے غلط بیانی کی سزا کیا ہے۔ آپ اپنی شادی کے سلسلے میں کیا کہنا چاہتے ہیں۔ لیکن قبل اس کے کہ آپ بیان دینے یا نہ دینے کا فیصلہ کریں۔ میں آپ کے ذاتی کوائف درج کر لینا چاہتی ہوں۔۔۔ آپ کا نام۔" جج سوال کرتی رہی اور وہ جواب دیتا رہا۔

"اچھا پھر۔۔" جج نے سوال کیا۔ "کیا آپ کی مسز بلونت کور سے آپ کی شادی ہوئی ہے؟۔"

"میں اس سلسلے میں کوئی جواب نہیں دینا چاہتا ہوں۔" شمڈٹ نے سپاٹ لہجے میں جواب دیا۔

"ٹھیک ہے یہ آپ کا قانونی حق ہے۔" جج بولی۔

"بیگم کور آپ کا بیان علیحدہ سے قلمبند ہو گا۔ آج کی سماعت آپ دونوں کی شادی کو قانونی شکل دینے کے لئے تھی، مگر چونکہ آپ شادی سے ہی انکار کر رہی ہیں اس لئے مجھے آج کی سماعت کو معطل کر کے نئی تاریخ پر از سر نو کیس کا جائزہ لینا ہو گا۔ آپ کے ساتھ ابھی سماعت کی نئی تاریخ طے کی جائے گی اور اس کے بعد ہم سب مقررہ تاریخ پر دوبارہ ملیں گے۔" کہہ کر جج نے عدالتی کارروائی ختم کرنے کا اعلان کر دیا۔

مقررہ تاریخ پر تمام لوگ جمع ہوئے۔ بلونت کا صرف وکیل ہی آیا اس کا باپ اور وہ خود، دونوں عدالت سے غیر حاضر تھے۔ کارروائی شروع ہونے پر بلونت کے وکیل نے بتایا کہ وہ بلونت کا بیان پڑھ کر سنائے گا۔ کیونکہ بلونت کے بقول وہ اپنی تمام باتیں سنانے کے لئے عدالت میں پیش نہیں ہونا چاہتی۔ قانوناً اس کو حق حاصل تھا کہ وہ ایسا کر سکے۔ چنانچہ عدالتی کارروائی شروع ہو گئی۔

پھر جب اس کے وکیل کو موقعہ دیا گیا کہ وہ بلونت کا بیان پڑھ کر سنائے تو اس نے اس کا بیان پڑھ کر سنانا شروع کیا۔

"جج صاحبہ! میری کہانی تب سے شروع ہوتی ہے، جب میں صرف چھ ماہ کی تھی اور ان دنوں میرے باپ کے سر میں یہ خناس سمایا کہ اسے اپنے بیوی بچوں کو چھوڑ کر یورپ جانا ہے۔ اور وہ میرے دادا دادی اور میری ماں کے لاکھ منع کرنے کے باوجود وہ یورپ چلا آیا۔ اس طرح سے جب میں نے ہوش سنبھالنے کے بعد اپنے باپ کو پہلی دفعہ دیکھا تو اس وقت میں آٹھ سال کی ہو چکی تھی۔ اس وقت تک میرا خیال یہ تھا کہ میرے تاؤ اور میری تائی ہی میرے ماں باپ ہیں۔ کیونکہ میں انہی کے پاس پرورش پا رہی تھی۔ ایک بڑے سے گھر اور کنبے میں دادا دادی تاؤ اور تائی اور اپنے چچازاد بھائی و بہن کے ساتھ، میں یوں پل رہی تھی کہ مجھے احساس ہی نہ ہوا کہ میرا باپ میرے پاس موجود نہیں ہے۔ اس ہی

گھر کے ایک کونے میں میری ماں بھی رہتی تھی جو اکثر بیمار رہتی۔ بعد میں مجھے معلوم ہوا کہ محبت کی بھوکی یہ ماں مجھے کیا محبت دیتی وہ تو بس سکتے کی حالت میں رہ رہی تھی اور یہی وجہ تھی کہ میری تائی ہی مجھے پال رہی تھی۔ میرا دادا مجھے بازار لے جا کر کھلونے دلاتا۔ جب میں اسکول جانے کے قابل ہوئی تو میرے تاؤ نے میرے ساتھ جا کر میرا اسکول میں داخلہ کروا دیا تھا۔ اسی نے مجھے یونیفارم دلوائی تھی۔

آٹھ سال کے بعد جب اچانک میرے باپ کی گاؤں واپس لوٹنے کی خبر آئی تو مجھے بتایا گیا کہ میرا حقیقی باپ کون ہے، اور یہ کہ وہ جلد ہی واپس آنے والا ہے۔ میرا تاؤ میرا سگا باپ نہیں ہے بلکہ صرف میرا چچا ہے یہ سن کر میری دنیا تو ایکدم سے اندھیری ہو گئی۔ یہ خبر میرے لئے نہایت روح فرسا تھی۔ پھر میرا باپ آیا اور وہ مجھے بالکل اچھا نہ لگا اور میں اپنے تاؤ کی گود میں چھپ گئی۔ لیکن یہ سب میں نے جتنا کٹھن اور مشکل جانا تھا وہ سب کچھ اتنا ہی آسان نکلا۔ مجھے تو میری دنیا اجڑتی محسوس ہو رہی تھی لیکن درحقیقت ہوا کچھ نہیں۔ میں جیسے پہلے رہ رہی تھی اسی طرح زندگی گذارتی رہی۔ میرے باپ نے نہ جانے کیوں مجھے اپنے سے زیادہ قریب کرنے کی کوشش بھی نہ کی شاید اس لئے کہ وہ ہماری توقع کے برخلاف صرف چند ہفتوں کے لئے گاؤں آیا تھا۔ اس کے آنے سے البتہ ماں۔۔۔ میں جان چکی تھی کہ وہ کھوئی کھوئی سی رہنے والی عورت ہی میری ماں ہے۔۔۔۔ بہت خوش نظر آ رہی تھی۔ وہ اور باپ سارا دن کمرے میں گھسے رہتے۔ ماں باپ کے کھانے پینے اور ہر چیز کا بہت خیال رکھتی۔ اور اپنے میں مگن شاید وہ خوش تھے کہ میں زیادہ تر وقت اپنے تاؤ اور تائی کے ساتھ گذارتی تھی۔ میں پہلے کی طرح اپنے کزنوں کے ساتھ کھیلتی اور دادا ہی مجھے پہلے کی طرح کھلونے دلانے لے جایا کرتا۔ یوں چند ہفتے پلک جھپکتے گذر گئے اور باپ پھر واپس بھی چلا گیا۔

زندگی جیسے پھر سے معمول پر واپس لوٹ گئی ہو۔ لیکن یہ میرا صرف خیال تھا۔ درحقیقت باپ نے آٹھ سال بعد آکر جیسے ہماری زندگی کے تالاب میں ایک کنکر پھینک دیا ہو ایک کنکر جس کے ارتعاش سے سارے تالاب میں چھوٹے چھوٹے دائرے بننے لگے تھے جو پھیل پھیل کر بڑے ہوتے جارہے تھے اور تالاب کے بیچ سے نکل کر اس کے کناروں تک آنے لگے تھے۔ زندگی کا تالاب اب ویسا پرسکون نہیں رہا تھا جیسے وہ باپ کے آنے سے پہلے تھا۔

اب ہر سال باپ کے آنے کی خبر آتی اور پھر وہ چند ہفتوں کے لئے آ دھمکتا۔ ماں کی زندگی اس کی سالانہ یاترا سے کافی بہتر ہوچکی تھی۔ گیارہ بارہ سال کی عمر کو پہنچ یوں بھی میں کافی باتیں سمجھنے لگی تھی مجھے معلوم ہوچکا تھا ماں باپ کے آنے سے کیوں چہچہانے لگتی ہے۔ اور مجھے یہ بھی معلوم ہو چکا تھا کہ میری ماں کے دل میں اتنے برسوں بعد پھر سے میرے لئے بھائی یا بہن لانے کی خواہش کیوں انگڑائی لینے لگی تھی۔ یہ اور بات تھی کہ اس کی یہ خواہش اب تک پوری نہ ہوئی تھی۔

مجھے میرا باپ پہلے ہی اچھا نہ لگتا تھا۔ مگر ماں کے چہرے پر کھیلنے والی خوشی کی خاطر میں باپ کو برداشت کرنے لگی تھی۔

پھر ہوا یہ کہ دو مرتبہ امید سے رہنے کے بعد بچہ ضائع ہو جانے سے ماں محرومی کا شکار ہوگئی۔ تین چار برسوں میں میری ماں بھی میری طرح باپ کے قیام سے اکتانے لگی اور اس کی جلد واپسی کی منتظر رہنے لگی۔ میرے لڑکپن کے رخصت ہونے اور جوانی کی منزل پر قدم رکھنے کے ساتھ ساتھ ماں سے میرے تعلقات بھی دوستانہ ہوتے گئے۔ گو یہ تعلق ماں بیٹی جیسے کبھی نہ رہے تھے، لیکن ہم لوگ اچھے دوست ضرور بن گئے تھے۔ یہ جانتے ہوئے بھی کہ وہی میری اصلی ماں ہے۔ میرے ماں جیسے تعلقات صرف میری تائی

کے ساتھ ہی رہے اور وقت گذرنے کے ساتھ اس میں بہت پختگی آگئی تھی۔ ماں بیٹی جیسی لڑائی اور دوستی دونوں ہی صرف تائی کے ساتھ ہوا کرتی تھی۔ میں اپنی ضروریات کی چیزیں بھی تاؤ اور تائی طلب کرتی اور مطلوبہ چیزیں نہ ملنے یا ملنے میں دیر ہونے کی صورت میں لڑتی بھی انہیں سے تھی۔ میرے تینوں کزن اب بھی میرے نخرے اپنی سگی بہن کی طرح اٹھاتے اور میں اس کا خوب فائدہ اٹھاتی۔

ماں کی حالت پر مجھے کبھی ترس آتا اور کبھی غصہ۔ غصہ اس بات پر کہ وہ کسی زیادتی پر احتجاج ہی نہ کرتی۔

ایک دفعہ جب میرا باپ گاؤں آیا تو اس نے اعلان کیا کہ وہ ماں کو ساتھ لے جائے گا۔ جانے اس نے کیا چکر چلایا اور ماں کو ساتھ لے کر چلا گیا۔ اب میں اٹھارہ سال کی ہو چکی تھی۔ باپ ایک بار پھر سے کئی کئی سال کے لئے غائب رہنے لگا۔

ماں نے جانے کے بعد ہمیں ایک خط تک نہ لکھا۔ باپ کبھی کبھی فون کرتا تو زیادہ تر دادی سے ہی بات کرتا۔ شروع شروع میں مجھے ماں کی عدم موجودگی بالکل ہی محسوس نہ ہوئی۔ لیکن جب ماں کو گئے کئی برس گذر گئے اور باپ ہر دفعہ ہی اکیلے آتا رہا تو مجھے ماں کی فکر ہونے لگی۔ میں سنتی رہتی کہ باپ کس طرح تائی کو یہ بتاتا رہتا کہ ماں یورپ میں بھلی چنگی رہ رہی ہے۔ بس ابھی اس کا پکا ویزہ نہیں لگا ہے اور جیسے ہی اُس کا ویزہ لگ گیا وہ ملنے آئے گی۔ پر وہ یہ نہ بتاتا کہ ماں کبھی کوئی خط کیوں نہ لکھتی یا فون پر ہی بات کیوں نہ کرتی۔ مجھے شک ہونے لگا کہ میرا باپ ہمیں جھوٹی تسلیاں دے رہا ہے اور میری ماں کے ساتھ کچھ ہو گیا ہو جسے باپ چھپانے کی کوشش کر رہا ہو۔

مجھے اچانک ماں کی یاد آنے لگی۔ ایسا نہ تھا کہ مجھے ماں کی کمی محسوس ہونے لگی۔۔ نہیں۔۔ مجھے ایک دوست کی کمی محسوس ہو رہی تھی۔۔ ایک سہیلی کی۔ اور سب سے بڑھ

کر مجھے یہ جاننے کی خواہش ہو رہی تھی کہ وہ کہاں ہے اور کس حال میں ہے۔ اپنے باپ کی باتوں مجھے پر ذرا بھی اعتبار نہ تھا۔

وقت گذرتا رہا اور میں اکیس سال کی ہو گئی اور پھر میں نے ایک دن باپ کو خط لکھ ڈالا کہ وہ مجھے بھی بلا لے۔ میں باپ سے ملنا نہیں چاہتی تھی بلکہ میں ماں سے ملنا چاہتی تھی۔ میرے علاوہ سب لوگوں کو باپ کی بات کا یقین تھا کہ ماں یورپ میں مزے سے رہ رہی ہے۔ جب کہ میں خود جا کر اس کو اپنی آنکھوں سے دیکھ کر یقین کرنا چاہتی تھی کہ وہ واقعی یورپ میں مزے سے رہ رہی ہے۔ میرا تاؤ حیران رہ گیا جب اس نے سنا کہ میں نے باپ کو خط لکھا ہے کہ وہ مجھے بلالے۔ میری تائی اور میرے کزن سبھی پریشان تھے کہ میں نے ایسا کیوں کیا ہے۔ سب ایک دم اداس ہو گئے۔ لیکن کسی نے کچھ نہیں کہا۔ باپ نے البتہ میرے خط کا فوراً جواب دیا اور مجھے بلانے پر تیار بھی ہو گیا۔ اور کاغذات کی تیاری کے مراحل طے کرتے میں یہاں تک پہنچ گئی۔

یورپ آنے کے لئے میرے باپ نے مجھے جو کچھ کہا میں بلا چون وچرا کرتی گئی۔ یوں بھی مجھے پہلے ان باتوں کی قانونی حیثیت کا علم نہ تھا۔ مگر ایک سال کے اندر اندر میں نے ہزاروں میل کا فاصلہ طے کر لیا، بے شمار سرکاری دفتروں کے چکر کاٹے اور ان کے کام کرنے کے طریقوں سے واقف ہو گئی۔ کہاں کیا کہنا ہے اور کہاں کیا نہیں کہنا ہے یہ جان گئی۔ کنواری ہوتے ہوئے بھی کاغذات میں شادی شدہ لکھنے لگی۔ اور سب سے بڑھ کر میں نے اپنی ماں سے مل کر یہ جان لیا کہ وہ کتنی بھلی چنگی ہے۔

اپنی ماں سے مل کر میں بہت روئی اور اتنا کہ میں نے اُسے بھی رونے پر مجبور کر دیا۔ تب میری ماں نے مجھے اپنی کہانی یوں سنائی۔

میرے شوہر نے اپنی زندگی میں کبھی کوئی کام ڈھنگ یا دلجمعی سے کرنا سیکھا ہی نہ

تھا۔ لہذا اس نے یورپ آنے اور یہاں رہنے کے کام کو بھی ایسے ہی بے ڈھنگے پن سے کیا۔ یہاں اس نے خود کو غیر شادی شدہ بتا کر سیاسی پناہ لی اور ایک یورپی عورت سے شادی کر کے یہاں کا پکا ویزہ حاصل کرنے کی کوششوں میں لگ گیا۔ لیکن اس عورت سے اس کی زیادہ دن نہ نبھ سکی اور اس عورت نے اسے گھر سے نکال باہر کیا۔ اب نہ ہی اس کا ویزہ پکا ہوا نہ ہی وہ یہاں سے حتمی طور پر نکالا گیا۔ پھر اس نے ایک اور عورت کو شادی کا جھانسا دے کر اس کے ساتھ وقت بتانا شروع کیا یہاں تک کہ وہ دونوں ایک بچے کے ماں باپ بن گئے۔ بچے کی ذمہ داری اٹھانے کے طفیل اُسے بڑی مشکلوں سے دو دو برسوں کا ویزہ ملنے لگا۔ جس سے اُسے یہ سہولت ہو گئی کہ وطن آ جا سکتا تھا۔ یورپی عورتوں سے اُس کا دل بھر چکا تھا اور اُسے پھر سے بھارتی ناری کی یاد ستانے لگی تھی۔ یورپ آنے کے بعد اُس نے خود غیر شادی شدہ لکھوایا تھا اور یوں وہ مجھے لے کر نہیں آ سکتا تھا ورنہ یہاں کے سرکاری اداروں پر اُس کے جھوٹ کی قلعی کھل جاتی۔ گاؤں میں وہ پھر سے دوسری شادی کر سکتا تو وہ ضرور ایسا کر کے کسی اور کو لے آتا مگر اس کے گھر والے اُسے ایسا کب کرنے دیتے۔ اور تیر ادادا تو شاید اُس کے کارنامے سن کر ہی اُسے جان سے مار دیتا۔ سو اُس نے وطن کے پھیرے لگانے شروع کر دیئے اور پھر مرتا کیا نہ کرتا مجھے ہی لے کر آ گیا۔ اور کیا پتہ اُس کے دل میں کیا پلان تھا۔ چونکہ وہ مجھے بیوی بنا کر نہ لا سکتا تھا اس لئے اس نے لمبا چوڑا چکر چلایا اور یوں مجھے جعلی پاسپورٹ پر دلالوں کے ہتھے چڑھا کر یورپ لے آیا۔ میں یورپ پہنچ تو گئی مگر اِس سفر نے اور اس کے بعد کیمپ کی زندگی نے مجھے نیم پاگل بنا دیا۔ تیرا باپ کبھی مجھے اپنے گھر لے جاتا تو کبھی ماہانہ سوشل بینیفٹ کی حصول کی خاطر کیمپ میں چھوڑ جاتا۔ خود اسٹال لگا کر پیسے کماتا تو اُس کا بیشتر حصہ اُس بچے کی ماں کو دیکر اُس کا منھ بند کروائے رکھتا تاکہ اُسے ویزہ ملتا رہے۔

کیمپ کے در و دیوار سے مجھے ایسی وحشت ہوتی کہ میں پھر سے دیوانی ہو جاتی۔"
وکیل نے بلونت کا پیغام پڑھ کر سنا دیا اور سانسیں درست کرنے کی خاطر خاموش ہو گیا۔

عدالت میں خاموشی چھائی ہوئی تھی پھر جج نے اِس سکوت کو توڑا۔۔۔۔
"پھر اب بلونت اور اُس کی ماں کہاں ہے ؟"۔ "جج نے وکیل سے سوال کیا۔

اسی لمحے ایک عدالتی قاصد کمرے عدالت میں داخل ہوا اور جج کو اشارے میں بتانے لگا کہ وہ کوئی اہم خبر لایا ہے۔ جج کی اجازت پا کر اس نے ایک خط عدالت کے خوشنویس کے حوالے کیا اور خود ایک کرسی پر بیٹھ گیا۔ عدالت کے خوشنویس نے خط کو کھول کر پڑھا اور خط جج کے سامنے رکھ دیا۔ کئی لمحے گذر گئے پھر جج نے عدالتی آداب کے تحت خط کو زور سے پڑھ کر سنانا شروع کیا۔

سرحدی پولیس کی اطلاع کے مطابق آج شہر کے ہوائی اڈے پر دو غیر ملکی خواتین۔۔ مسز کور اور مسز کور کو نقلی پاسپورٹوں پر سفر کر کے ملک سے باہر نکلتے ہوئے گرفتار کر لیا گیا ہے۔ کاغذات کی جانچ پڑتال سے پتہ چلا ہے کہ ان کے مقدمات کے کچھ کاغذات اس عدالت میں بھی موجود ہیں۔ اس لئے یہ اطلاع اس عدالت کو بھی بھیجی جا رہی ہے۔

***

عراقی

عراقی! محلے میں نئی نہ تھی۔ نئی بات یہ تھی کہ وہ عین جوانی میں بیوہ ہو گئی۔ اس کا خصم بے تحاشہ دولت چھوڑ کر مرا تھا۔ ایک تو جوان اور پھر دولت مند۔ اوپر سے خوبصورت اتنی کہ راہ چلتے مردوں کی نگاہیں اس کے جسم سے چپک کر رہ جاتیں۔ غریب تو صرف آنکھیں سینکنے پر ہی اکتفا کرتے لیکن شہر کے کئی ایک متمول افراد نے شادی کے پیغامات بھی بھجوائے۔ ان کا خیال تھا کہ دولت اور جوانی کی حفاظت اور دیکھ بھال ضروری ہے اور یہ دیکھ بھال صرف شہر کے متمول افراد ہی کر سکتے تھے۔ جب عراقی نے کسی کی بھی حوصلہ افزائی نہ کی اور سب کے سب پیغاموں کو ٹھکرا دیا تو وہ سبھوں کو اپنا دشمن بنا بیٹھی۔ وہ سارے کے سارے جو ایک دوسرے سے آگے نکلنے کی ترکیبیں کرتے رہے تھے۔ ایک سے بڑھ کر ایک لالچ اور دعوت دے رہے تھے۔ مایوسی میں سب ایک دوسرے سے جا ملے۔

متحدہ کے گھر میں ساری قوم جمع ہوئی۔ سام، سامراج اور نازی سبھوں نے مل کر یہی پروگرام بنایا کہ عراقی کو مل جل کر محلے سے نکال باہر کیا جائے یا پھر اس کے گھر میں گھس کر اس کے خوبصورت جسم اور بے تحاشہ مال و دولت پر قبضہ کر لیا جائے۔ اور پھر وہی ہوا۔

سام نے ایک رات نقب لگایا، ابھی جبکہ وہ عراقی کو ننگا کر کے اس کی عزت سے کھیلنے کی سوچ رہا تھا، کہ سامراج، نازی اور دوسرے سارے وہاں پہنچ گئے۔ انہوں نے

طے شدہ پروگرام کے تحت عراقی کو سام کے ساتھ رنگ رلیاں مناتے، رنگے ہاتھوں پکڑ لیا تھا۔ اس جرم کی سزا کے طور پر عراقی کا گھر ہر کسی کے لئے کھول دیا گیا۔ لوٹ مار کے لیے ہر کوئی آگے بڑھ بڑھ کر اس کا سامان اٹھا رہا تھا۔ عراقی گشتی قرار دے دی گئی اور ہر کسی کو اختیار تھا کہ وہ اس کی عزت سے کھیل سکے۔

٭ ٭ ٭

مجبوری

نذرل اسلام انتہائی شستہ بنگالی میں اس فوجی سے مخاطب تھا۔

"تم ہمارے دیس میں کیا لینے آئے ہو۔ جاؤ ہماری جان چھوڑو"۔

وہ اور بھی جانے کیا کچھ بولتا رہا۔

فوجی کے پلے کچھ نہیں پڑا۔ فوجی نے انگریزی زبان میں صرف اتنا ہی کہا "تمہارا دفاع"

"ہوں!" نذرل نے تھوک نگلتے ہوئے کہا۔

اس لمبے چوڑے گورے چٹے فوجی کے سامنے موہنا سا نذرل۔۔ اس کی شخصیت کافی دبی دبی لگ رہی تھی۔ مگر وہ فوجی سے ذرا بھی مرعوب نظر نہ آتا تھا۔

طوفانی رات تھی۔ بجلی کی گرج چمک میں یکدم موسلا دھار بارش شروع ہو گئی۔ نذرل نہ صرف اچھا تیراک تھا بلکہ اسے اپنے آبائی علاقے کی بھی خوب پہچان تھی۔ وہ جلدی جلدی ایک طرف کو نکل گیا۔

فوجی پریشان حال ادھر ادھر ٹامک ٹوئیاں مارتا رہا اور آخر کار مٹی کے ایک تودے کے سرکنے سے گر پڑا۔ اس کے سر پر چوٹ لگی اور وہ بے ہوش ہو گیا۔ پانی کے بہاؤ سے بہتا بہتا قریب کے سمندر تک جا پہنچا۔۔

جہاں مچھیروں نے اسے بچا لیا۔ اور پھر اسے پڑوسی ملک کی بحری سمندر کی محافظ پولیس لے گئی۔ پڑوسی ملک میں علاج معالجہ ہوتا رہا اور پھر وہاں سے اس کے ملک واپس

بھیج دیا گیا۔

اپنے ملک میں بھی اس کا کچھ عرصے تک علاج ہوتا رہا اور ایک دن وہ پھر سے جی کڑا کے اٹھ کھڑا ہوا۔ اس کا زخم بھر چکا تھا اور توانائی واپس آچکی تھی۔

پھر اس کی پوسٹنگ سبی ہو گئی۔

سبی کے قریب ہی پہاڑوں پر اس کا دستہ بر سر پیکار تھا۔ رات کے اندھیرے میں آنکھ مچولی ہوتی۔ دو قدم آگے اور دو قدم پیچھے۔۔ بس ہر روز یہی ہوتا۔ نہ فتح ہوتی نہ شکست۔

ایک دن وہ بازار میں دوسرے فوجیوں کے ساتھ پہرا دے رہا تھا۔ ادھر ادھر ٹہلتے وہ ذرا آگے نکل آیا۔ اچانک ایک لحیم شحیم، بڑی بڑی گھیرے والی شلوار پہنے ایک شخص نے اس کے بالکل قریب آکر اپنی مادری زبان میں اس سے کچھ کہنا شروع کر دیا۔

فوجی کے کچھ پلے نہ پڑا۔ ڈر کے مارے جواباً اس نے انگریزی میں چیخ کر کہا "بھاگ جاؤ۔ مجھے گولی چلانے پر مجبور نہ کرو!"

شور سن کر اس کے فوجی ساتھی اور بہت سارے دوسرے لوگ جمع ہو گئے۔

انہی میں سے ایک نے ترجمانی کر کے فوجی کو بتایا کہ وہ بلوچی زبان میں کہہ رہا تھا کہ "تم یہاں کیا لینے آئے ہو۔ ہمیں فوجی ٹرک اور اسلحے کی بجائے نوکریاں اور گھر چاہیئے۔"

ایک دن فوجی یہیں ایک دفاعی آپریشن کے دوران زخمی ہو گیا۔

جب وہ دوبارہ روبصحت ہوا تو اس کی پوسٹنگ سوات ہو گئی۔

سوات شہر کے قریب ہی اس کا اپنا آبائی گاؤں تھا۔

مگر اسے اپنے گھر والوں سے ملنے جانے کی اجازت نہ تھی۔ اس کا علاقہ " مخدوش

علاقے" کے زمرے میں آتا تھا۔

فوجی آپریشن کے دوران وہ ساری باتیں سمجھ جاتا۔

لوگ اسی کی زبان میں احتجاج کرتے۔

اس کا بھی خون کھولتا۔

مگر وہ چاہتے ہوئے بھی فوج سے استعفیٰ دینے سے قاصر تھا۔

❋ ❋ ❋